光文社文庫

長編時代小説

# 宵しぐれ

隅田川御用帳(四)

藤原緋沙子

KOBUNSHA



光　文　社

※本書は、二〇〇三年七月に
廣済堂文庫より刊行された
『宵しぐれ　隅田川御用帳〈四〉』を、
文字を大きくしたうえで、
さらに著者が大幅に加筆したものです。

# 目次

伝通院
小石川
白山
神明宮
中山道
駒込
小石川御門
水戸徳川家
春日町
水道橋
駒込追分
千駄木
御林
加賀前田家
本郷
道灌山
霊雲寺
湯島聖堂
日暮里
湯島天神
神田大明神
不忍池
弁天
仲町
池之端
妻恋坂
明神下
築山藩の上屋敷
根岸
谷中本村
下谷広小路
東叡山
寛永寺
外神田
下谷金杉町
御徒町
下谷の御徒組屋敷
下谷山崎町
向柳原
三味線堀
広徳寺
下谷竜泉寺町
幡随院
千住大橋
阿部川町
新吉原
新堀川
御蔵前片町
日本堤
新旅籠町
東本願寺
御蔵前通り
御蔵前
御米蔵
浅草寺
小塚原
首尾の松
田原町
三間町
浅草広小路
並木町
山谷町
諏訪町
新鳥越町
新鳥越橋
御厩河岸之渡し
駒形町
雷門
花川戸町
浅草駒形堂
聖天町
山谷堀
竹町之渡し
吾妻橋
今戸橋
今戸町
白鬚之渡し
竹屋之渡し
隅田川
源森橋
中之郷
瓦町
源森川
三囲稲荷
向島墨堤
木母寺
長命寺
隅田村
小梅村
須崎村
北割下水
法恩寺橋
業平橋
寺島村
小梅村
天神橋
押上村
十間川
亀戸天神

『隅田川御用帳』の世界
番町
半蔵御門
田安御門
西之御丸
虎之御門
新シ橋
外桜田御門
雉子橋御門
江戸城
和田倉御門
一橋御門
猿楽町
幸橋
土橋
南町奉行所
北町奉行所
富士見坂
神田橋御門
御門
数寄屋橋
呉服橋御門
常盤橋御門
←至高輪
汐留橋
濱御殿
水谷町
竜閑橋
鍛冶町
昌平橋
平永町
京橋
数寄屋町
伊沢道場
今川橋
築地の浴恩園
西本願寺
木挽町
平松町
日本橋
室町
岩本町
内神田
神田相生町
佐久間河岸
神田川
八丁堀
弾正橋
楓川
海賊橋
本船町
大伝馬町
小伝馬町
水谷町
組屋敷
八丁堀
坂本町
江戸橋
柳原通
中之橋
浜町堀
馬喰町
横山町
佐久間町
神田
日本橋川
富沢町
稲荷橋
通塩町
浅草橋
船松町
高橋
新川
一ノ橋
栄橋
米沢町
両国広小路
行徳河岸
霊岸島
佃島
二ノ橋
十四郎の住む長屋
浜町堀
薬研堀
柳橋
行徳川
両国橋
石川島
永代橋
万年橋
新大橋
尾上町
隅田川
熊井町
佐賀町
今川町
上之橋
一ツ目之橋
元町
回向院
三ツ屋
万年町
大工町
海辺
松井町
相生町
松坂町
御竹蔵
橘屋
六間堀
要津寺
越中島
中ノ橋
常盤町
慶光寺
永代寺門前山本町
海辺橋
高橋
松井橋
二ツ目之橋
仙台堀
深川元町
弥勒寺橋
深川
小名木川
五間堀
南割下水
蓬莱橋
浄心寺
本所
富岡八幡宮
霊巌寺
竪川
亀久橋
雲光院
芝翫河岸
三ツ目之橋
三笠町
洲崎
木場
新高橋
入江町
横川
猿江橋
南辻橋
亀戸村
長崎橋
西
南
北
東
猿江町
御材木蔵
清水橋
横十間川
0
1km

**慶光寺配置図**

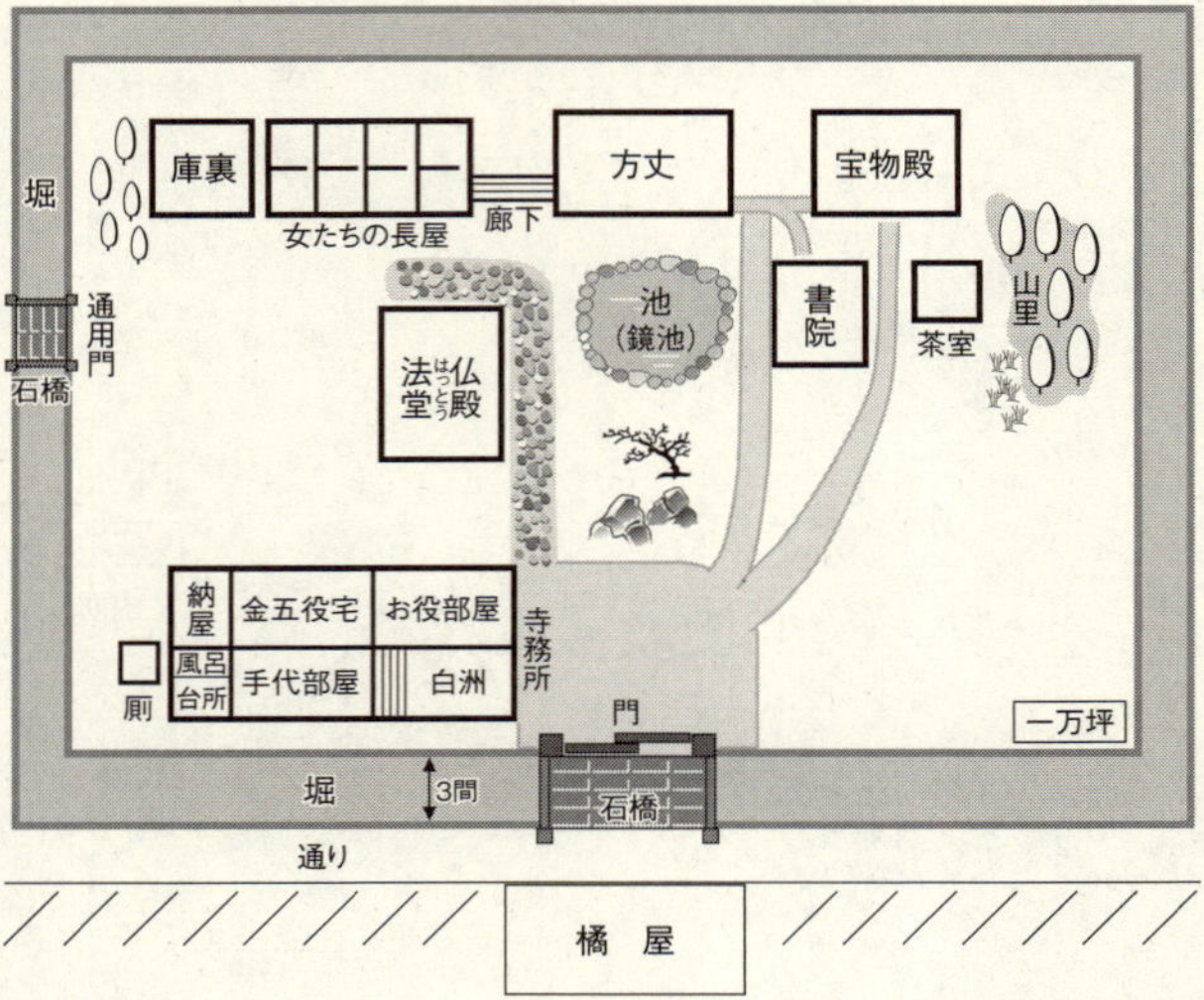


**方丈**《ほうじょう》　寺院の長者・住持の居所。

**法堂**《はっとう》　禅寺で法門の教義を講演する堂。他宗の講堂にあたる。

**庫裏**《くり》　寺の台所。住職や家族の居間。

# 「隅田川御用帳」シリーズ　主な登場人物

**塙十四郎**　築山藩定府勤めの勘定組頭の息子だったが、家督を継いだ後、御家断絶で浪人に。武士に襲われていた楽翁を剣で守ったことがきっかけとなり「御用宿　橘屋」で働くことに。一刀流の剣の遣い手。寺役人の近藤金五とはかつての道場仲間。

**お登勢**　橘屋の女将。亭主を亡くして以降、女手一つで橘屋を切り盛りしている。

**近藤金五**　慶光寺の寺役人。十四郎とは道場仲間。

**藤七**　橘屋の番頭。十四郎とともに調べをするが、捕物にも活躍する。

**万吉**　橘屋の小僧。孤児だったが、お登勢が面倒を見ている。

**お民**　橘屋の女中。

**おたか**　橘屋の仲居頭。

**八兵衛**　塙十四郎が住んでいる米沢町の長屋の大家。

**松波孫一郎**

北町奉行所の吟味方与力。金五が懇意にしており、橘屋とも
いい関係にある。

**柳庵**

橘屋かかりつけの医者。本道はもとより、外科も極めてい
る医者で、父親は表医師をしている。

**万寿院（お万の方）**

十代将軍家治の側室お万の方。落飾して万寿院となる。慶
光寺の主。

**楽翁（松平定信）**

かつては権勢を誇った老中首座。隠居して楽翁を号するが、
まだ幕閣に影響力を持つ。

# 宵しぐれ

隅田川御用帳（四）

# 第一話　闇燃ゆる

## 一

江戸は、深い緑に覆われた水郷の街である。

特に隅田川東岸はひときわその感が強く、雨上がりの水分をたっぷり含んだ樹々の照り映えや、大川《おおかわ》の水面が陽の光を受けて銀色に輝いている様などには、いうにいわれぬ趣《おもむき》がある。

塙十四郎《はなわじゅうしろう》は、小走りに先を行く万吉《まんきち》の後ろから、両国《りょうごく》橋の東に広がる緑の街を眺めながら、ゆっくりと橋を渡った。

昨夜から今朝にかけて降っていた雨のお陰か、眩《まぶ》しいほどの夏の陽射しも、樹々や大地が吸収し、ずいぶん涼しく感じられた。

だが、本所元町《ほんじょもとまち》の小路を抜けて、回向院《えこういん》表門前の通りに出ると、辺りは押し寄せる人々の熱気に包まれていた。

老若男女の江戸市民はむろんのことだが、明らかに他国の者たちとわかるなまりのある言葉も飛び交い、われ先にと門内になだれ込む人の群れは、先月から催されている北国の寺の阿弥陀如来《あみだにょらい》の御開帳の人気の高さを窺《うかが》い知ることができる。

両国橋東にあるこの回向院は増上寺《ぞうじょうじ》の末寺だが、諸宗山無縁寺《しょしゅうざんむえんじ》として、明暦《めいれき》三年(一六五七)の大火で焼死溺死した十余万人をはじめ、天明《てんめい》三年(一七八三)の浅間山《あさまやま》噴火、文化《ぶんか》四年(一八〇七)の永代橋《えいたいばし》落下による横死者や、行き倒れや自殺者、獄死した者たちを埋葬し、無縁仏の寺として五千余坪を保有する有名な寺である。

それに加えて、延宝《えんぽう》四年(一六七六)に近江国《おうみ》石山寺《いしやまでら》の観音の出開帳《でかいちょう》がきっかけとなり、以後毎年どこかの国の、ありがたい御本尊が出張してきて出開帳が行われ、その度に境内は賑々《にぎにぎ》しい騒ぎとなっていた。

この度の御開帳も先月から始まったが、阿弥陀如来の人気もさる事ながら、境内で行われる様々な催し物に、その拍車がかかったようだ。

「十四郎様、早く」

万吉が十四郎の手をとって、すばやく人の波のわずかな隙間に潜り込むようにして、門を潜った。

「慌てるな、危ないぞ」

十四郎は手を引かれながら、前を行く万吉に声を掛けた。

万吉は当年十歳の『橘《たちばな》屋』の小僧である。

橘屋は深川《ふかがわ》にある駆け込み寺『慶光寺《けいこうじ》』の門前にある寺宿だが、十四郎は橘屋の雇われ人で、慶光寺に駆け込み人があった時や、駆け込みをした女たちの調べがある時には、橘屋の主で未亡人のお登勢《とせ》から呼び出しを受ける。

その使いの役が小僧の万吉と決まっていて、万吉はその度に、十四郎の住まいする米沢町《よねざわちょう》の裏店《うらだな》に走って来るが、普段なら用を告げると、すぐに橘屋に引き返していた。

それが今日は、仕度をする十四郎を待っていた。

おやっ、と万吉の顔を覗《のぞ》いた十四郎に、万吉はくりくりした目を輝かせて、

「十四郎様、おいら、ちょっとだけ見たいものがあるんだ」

と、遠慮がちだが、十四郎の顔を窺《うかが》うようにして言った。

万吉は親のいない孤児《みなしご》である。浅草寺《せんそうじ》に捨てられていたのをお登勢が連れてき

て小僧にしているが、十歳といえばまだ子供で、時々、お登勢や十四郎に甘えるのであった。

「ふむ、そうだな……ほんの少しだぞ」

十四郎は、万吉の持ってきた用事が急ぎの用ではなかったことから、承諾してやった。

「十四郎様、ありがとう」

途端に顔一杯に笑顔を見せた万吉が、先に立っていそいそと案内してやって来たのが回向院だったのである。

——まさか、御開帳を見たい訳でもあるまいに。

十四郎が苦笑して門を潜ると、

「ぴィ〜、ひゃらひゃらひゃら」

お世辞《せじ》にもうまいとはいえない笛の音が聞こえてきた。

万吉は、途端に十四郎の手を振りほどいて、笛の音のする右手に走った。

笛は藁裏弁財天《わらづとべんざいてん》をまつる堂の前の、人だかりの中から聞こえてきた。

万吉は、人垣の後ろをあっちに走りこっちに走りしていたが、老年夫婦が人垣を外れたその隙に、如才《じょさい》なく場所をとって、十四郎を呼び入れた。

　すいと体を人垣の中に入れ込んだ十四郎は、錦の烏帽子《えぼし》をかぶった猿面の中年男が、白帷子《かたびら》の小袖の上に赤い袖無し半纏《はんてん》を着て笛を吹き、その笛に合わせて、赤い腹巻きをした柴犬《しばいぬ》が、小さな笊《ざる》を口にくわえ、集まってきた客に愛想《あいそ》を振りまきながら、ぐるぐると回っているのが目に入った。

「十四郎様」

　万吉は手を叩いて、喜色満面《きしょくまんめん》の顔を十四郎に向けた。

「これを見たかったのか……」

　なあんだそうかと、十四郎が微笑んで見せた時、見物人の男が回って来た犬の笊にちゃりんといくばくかの銭を投げ入れた。

　すると柴犬が、突然後ろ足で立ち上がり、手を招き猫のようにして、

「ありがと、ありがと」

　というように、頭を振った。

　やんやの喝采《かっさい》である。

　見物人は、次々に犬の口にくわえられている笊に銭を投じた。そのたびに犬は立ち上がり、ありがとうと頭を下げる。

　しかも、犬が立ち上がった時、腹巻きに『福招きのごん太』の墨字が躍った。

「ごん太ちゃーん」

見物人の中から黄色い声が飛んでくる。

すると、間合いよろしく猿男は、

「さぁ〜て、み〜なぁさ〜まこの犬は、ごん太と申す福犬様《ふくいぬさま》でございます。一文《もん》投じれば一両《りょう》の福、一両投じれば千両の福、み〜なぁさ〜まに千倍万倍の福、招きまぁ〜す」

と、これまた濁声《だみごえ》で歌うのである。

歌い終わると、ぴィ〜、ひゃらひゃらとまた笛を吹く。

するとごん太と称する柴犬が、笊をくわえて役者よろしく腰を振って歩き回るのであった。

「万吉」

十四郎は万吉の掌に一文銭を握らせた。

万吉がその一文銭をごん太の笊に投じると、ごん太は立ち上がって礼を述べた。

だが、なぜかすぐに万吉の胸元に鼻を擦り付けてきた。

ごん太はくう〜ん、くう〜んと鼻声を出す。

「分かった。これだろ」

万吉が嬉しそうな声をあげて、懐から紙包みを出して広げると、ごん太はそれを奪うように地面に引きずり下ろし、乾いた歯応えのある音をたてて食べ始めた。万吉が差し出したのは、おやつに貰っていた炒《い》り豆だった。

「ごん太、ぽりぽりと何を食ってる。はしたないぞ」

猿面の男は慌てて笛を高らかに吹いた。

爆笑が起こり、びくっとして我にかえったごん太が、また笊をくわえて回り始めた。

「万吉、行こうか。もういいだろう」

十四郎は、まだ未練の残る顔を向けた万吉を促した。

ごん太の芸には、大人の十四郎でさえ、心惹《ひ》かれるものがあり、思ったより時間を食ったと、はたと気付いたのである。

案の定、十四郎が万年町《まんねんちょう》にある橘屋に急ぎ出向くと、女中のお民《たみ》が待ち構えていた。

「十四郎様、お登勢様の伝言です。刻限がきましたので慶光寺の寺務所に一足先に参りますから、いらしたらすぐに来て下さいということでした」

と、お民は告げて、万吉を睨《にら》み付けた。

「十四郎様が遅くなったのは、あんたのせいでしょ」

「おいら、おいら……」

万吉は困った顔をして口ごもる。

お民は、そんな万吉を容赦《ようしゃ》なく叱った。

「おいらじゃないの。あたしは、ちゃあんと知ってるんだから。お登勢様に言いつけてやる」

万吉はその言葉で泣き出した。

「お民、もういい。堪忍《かんにん》してやれ」

十四郎は押し問答をする二人を残して、橘屋の玄関を出た。

橘屋は慶光寺の真ん前にある。

もっとも、橘屋の前を抜ける門前通りと慶光寺の間には三間《けん》ほどの堀があり、その堀にかかる石橋を渡れば慶光寺の正門になっていて、正門の左横に寺務所があった。

寺務所には寺役人一人が常駐し、駆け込み事件を裁定しているが、この男、近《こん》藤金五《どうきんご》といい、十四郎とは幼馴染みで、神田《かんだ》の一刀《いっとう》流の道場では一緒に汗を流しった朋友でもあった。

近年は駆け込み人が年々増えて、寺役人だけでは駆け込み人の背景を調べ上げ、寺入りをさせるかどうかの決済を下すのは御用繁多《はんた》なだけに難しく、橘屋がかわってそのお役目を務めていた。

藩が潰れ、浪人となっていた十四郎が、橘屋の雇われ人として仕事をするようになって、かれこれ一年余を数えるが、この頃では、十四郎なくして頻繁に刃《にん》傷沙汰《じようざた》の起こる複雑な事件は解決できなくなっていた。

今日の呼び出しは、寺入りして半年が経つ蠟燭《ろうそく》問屋『大和屋《やまと》』の女房お兼《かね》と、亭主の半兵衛《はんべえ》の再吟味が行われるということだった。

お兼は亭主が外に女を囲ったことから腹を立て、駆け込んで来た女で、当時橘屋が中に入って解決を試みたが折り合わず、結局寺入りが決定し、離縁に向けて慶光寺で修行の日々を送っていた。

ところが先日、亭主から、ぜひもう一度話し合いたいという申し出があった。

いったん寺入りと決まり修行している女でも、慶光寺では双方の承諾があれば再吟味も厭《いと》わない。一にも二にも女の意思を尊重し、行く末の幸せを願っているからであった。

再吟味が行われる寺務所は、玄関を入るとお役部屋があり、その奥には金五と手代の住居、そして詰所の横に屋内白洲《しらす》が設けてある平屋であった。

十四郎が寺務所の詰所に入って行くと、すぐに手代が隣の白洲に案内した。

よう、と金五が十四郎に手を上げて見迎えた。

白洲には既に、お兼と亭主の半兵衛、それに店の所在地である亀井町《かめいちよう》の町名主《まちなぬし》、彦十郎《ひこじゆうろう》が紋付羽織袴で莫蓙《ござ》の上に座っていた。

縁先にはお登勢が座り、板間には書役《かきやく》を兼ねたもう一人の手代と金五が座っていた。

「さあ、それでは始めるか」

金五は、十四郎が着座するのを待って、お兼と半兵衛に告げた。

お兼は三十五、六で、半兵衛は今年で四十になったところだと聞いている。

金五の声に半兵衛が懇願するように頷いたのとは対照的に、お兼は落ち着き払って座っていた。

お兼は寺入りしているとはいえ、まだ蠟燭問屋の女房である。そういった意識が、こんな場所でも泰然として座る姿勢に窺えた。

だが一方でお兼は、亭主が妾を持つ話には、どうしても承服できなかったのである。

常日頃、どんな苦労も厭わない、良くできた女房といわれている妻たちも、お兼に限らず亭主に女ができたとなると、そのことだけはどうあっても許せないらしい。

もっとも、これが逆に女房に男ができたと知った時には、夫は現場を押さえ、女房と男を二つに重ねて斬り殺しても、罪を問われることはまずないという事情から考えれば、御法は不公平といえばそうだろう。

だから我慢できない女たちは駆け込みをする。

駆け込みは、女たちが自分を主張する最後の手段で、お上も片手落ちの御法を補うためか、駆け込み人への保護は徹底していた。

ただ、女の方に非がある時には、逆に女が罪を問われて、それなりの処分を受けることはいうまでもない。

「まずは、半兵衛。お前から述べよ」

金五が亭主を促した。

「ありがとうございます。実は先日も申しましたように、私は囲っていた飲み屋『ひさご』の女将、おくみという女とは、先月、綺麗に別れました。もう二度と、このような事は致しません。ですからぜひ、お兼には家に戻ってほしいのでございます」

「ふむ。その言葉に二言はないな」

「お役人様、それはこの彦十郎も、町名主の名にかけて、お約束いたします」

傍から町名主の彦十郎が言葉を添えた。

「しかし、何だ。お前は、お兼に子のできないのを考えて、外に女をつくったのだと言っていたが、その件についてはどうなるのだ。お兼がお前のところに戻っても、またしても子が欲しいなどと言い出して、外の女に目が向くのではないか」

金五は、ちらりとお兼の表情を読みながら、半兵衛の気持ちを探るように聞いた。

それというのも半兵衛は、お兼が橘屋に駆け込んで来た時に、

「子なしは去れなどと、わたしは言うつもりは毛頭ございません。ですが、心を広く持って、わたしが妾を持つ事を承諾してほしいのでございます。それを悋気《りんき》がましくこんなところに駆け込んで来て、当てつけも甚だしい。店の将来を考えれば当然の事ではないかと考えています」

と、開き直ったのであった。

お兼に子が一人でもいればともかく、子ができなくて悲しんでいる女房に、そんな理由を押し並べ、外に女をつくるなんてあんまりだと、当時、お登勢は怒っていた。

金五もその話は重々承知していたようで、だからこそここで、もう一度半兵衛に念を押したのである。

半兵衛は、身を乗り出すようにして訴えた。

「いえ、そのような事はいっさい……心配は無用にございます。これは初めて申し上げるのですが、皆様もご存じの通り、うちにはおあさという女中がおります。田舎育ちの女中ですが、とても良く気のつく娘でございまして、心根も優しい。しかもお兼の知り合いの娘でございまして、もちろんお兼のお気に入りの女中でございます。実はこの子を、ゆくゆくは二人の養女に致しまして、婿をとって店を任せてもよいのではないかと考えています」

「お前さん……」

無表情だったお兼の表情が、初めて動いた。

「本当ですか、お前さん」

お兼は、目を瞠《みは》って首を捩《ねじ》り、半兵衛を見た。

白い顔が上気《じょうき》しているのが、十四郎の目にも窺えた。

「本当だともお兼……もしもこの先、お前との間に運よく子が出来たとしてもそれはそれ、いざという時にはおあさに後を頼めば、お兼、お前も安心だろう。そういう事なら、お前も承諾して家に帰ってきてくれるね」

「ありがとう、お前さん」

お兼は半兵衛の方に改めて両膝を向け、手をついた。

長い間、半兵衛の親や親戚から、石女《うまずめ》だなんだと陰口をたたかれて、じっと我慢をしてきた堪忍の糸が切れたのか、お兼は手をついたまま、そこで俯《うつむ》き肩を震わせていた。

「お兼、すまなかったね。私もようやくお前の気持ちが分かったんだ。大和屋はお前と私の店だ。ちいちゃな小売りの店から始めて、いまのような店になったのは、お前の頑張りがあったからだ。その店を私が勝手に外につくった女に産ませた子に譲ろうなんて、それじゃあお前の立つ瀬がない。そう、つくづく思いました。あたしもどうかしていました。堪忍しておくれ」

半兵衛の言葉は嘘偽りなく、腹の底から言っていた。

「半兵衛さん。今のお言葉、忘れないで下さいませ。お兼さんはあなたもよくご存じの通り、若い頃からお舅《しゅうと》さんやお姑《しゅうとめ》さんの介護も一人でやってきたというではありませんか。ご両親のお下《しも》の世話をし、惚けたお舅さんの手を引いて孝養《こうよう》を尽くしたことを、どうか忘れないで下さいませ」

お登勢が言った。

「肝に銘じて……」

「証人は私たちですよ、半兵衛さん」

「はい。私も所帯を持った時分にかえりまして、お兼のことを真剣に考えてやりたいと思っております」

「女は、いつまでたっても女ですからね。今までの苦労を労《ねぎら》ってさしあげて下さいまし」

「お登勢様……」

お兼は涙に濡れた目を上げて、お登勢の顔をじっと見た。

「お兼、どうだ。家に帰るか」

金五がお兼に尋ねると、お兼は深々と頭を下げた。

二

「ごめん下さいまし」

回向院にいた猿男が、犬のごん太を連れて橘屋の玄関に立ったのは、その日の夕、ちょうどお兼夫婦の再出発の宴が始まる直前だった。

お兼の着物の着替えを持ってきた、大和屋の女中のおあさが、すぐに店に引き返すのだと言い、それなら途中まで送っていこうと、十四郎がおあさと一緒に玄関口に下り立った時だった。

「お前は、回向院の……」

十四郎が驚いて見返すと、

「へい。実は昨日まで泊まっていた宿屋を追い出されまして、で、こちらでしばらく厄介になれないものかと存じまして」

猿男は困った顔をして、頭の後ろを掻きながら、犬のごん太をちらりと見た。

「申し訳ございません。うちでは動物と一緒では、お泊まりいただく訳にはまいりません」

ちょうど奥から出てきたお登勢が、ごん太に目を遣《や》り、膝をついて断った。

「これは、こちらのおかみさんでございやすか。無理は承知でございますが、こちらに断られましたら、あっしとこいつは今夜は野宿をしなければなりません。小屋でも結構でございやす。雨露を凌《しの》ぐことさえできればそれでいいのでございやす。ですからどうぞ、お願え致しやす」

猿男は、名を寅次《とらじ》と名乗り、実は連れているこの犬の人気が凄まじく、泊まっていた宿屋に見物人が朝な夕なに押し寄せてくる。

それればかりか、一昨日はかわら版屋までやってきて、なんだかんだと付き纏《まと》う。とうとう、あまりの騒々しさに、他の客の迷惑になるなどと宿から言われ、追い出されたのだと説明した。

「そういう事でしたら尚更です。寅次さん、うちも同じでございますよ。特にこちらは寺宿でございますから、たくさんの人が押し寄せてくるのは困ります。どうか他をあたってみて下さいませ」

すると、台所の方から万吉が転げるように走ってきて、

「お登勢様、この犬はとても賢い犬なんだ。おいらの飯をあげてもいい。だから、泊めてあげて下さい」

そう言って万吉は、ごん太を後ろに庇《かば》うようにして立った。

「万吉、駄目なものは駄目なんです。お前にだってわかるでしょう。お客様に吠えたり噛みついたりしたらどうします。謝ってすむことではないのですよ」

「そ、そんなこと、ごん太はしないよ。そうだな、ごん太」

万吉がごん太に尋ねると、ごん太は嬉しそうに尻尾を振った。

「万吉……」

お登勢は溜め息をついて苦笑した。

その時だった。寅次とお登勢のやりとりを見ていたおあさが、

「あの、もしやあなたは、三年前、中山道《なかせんどう》の深谷《ふかや》宿で、旅籠《はたご》の『吉田屋《よしだや》』が火事になった時、向かいの旅籠に泊まっていた旅芸人さんではありませんか」

と寅次に聞いたのである。

「そうだが、女中さんは……」

寅次はおあさに怪訝《けげん》な顔を向けた。だがすぐに気付いたのか、

「そうか……どうも、どこかで会ったような気がしてたんだが、あんたはあの時の」

「はい。吉田屋の女中でした。すると、この犬はあの時の」

おあさは驚いた声を上げた。

「そうだ。あの時の犬だ。しかし、珍しいこともあるもんだ。ごん太、覚えているかい。お前が火事場に倒れていたのを、助け出してくれた姉ちゃんだぞ」

寅次はごん太に告げた。

「ごん太ちゃんていうんですか」

「へい」

「でもよくまあこんなに元気になって、あんなに体中焼けただれていたのに、よかったこと……」

おあさは涙ぐんだ。

おあさは三年前まで、中山道の深谷宿の旅籠で女中をしていた。女中といっても当時は十六、まだ奉公に出たばかりで、台所の下働きをしていたが、宿屋が火事に遭った晩は親元に帰っていて助かった。

おあさの実家は、宿場に隣接する近在の百姓だったのである。

ところが、自分が奉公している旅籠が火事だと聞いて駆けつけると、宿は全焼し、主も奉公人も、泊まり客もみな焼け死んでいた。

「この犬も庭の隅で倒れていました。でもまだ息があって、どうしたものかと焼け跡から抱きかかえて出てくると、こちらの、寅次さんがいて、可哀相な犬だ、俺がもらって介抱してやる……そう言って下さって、この犬、引き取ってくれたんです」

おあさは、お登勢に説明しながら、ごん太の傍にしゃがみ込み、脇腹や耳の後ろを手で触って確かめた。

そして「ほんと、あの時の火傷の跡がわからないくらい綺麗になってる」などと独りごちて、ほっとした顔で寅次を見上げた。

ごん太は甘えた声を出した。

だがその目は、お登勢に向けられていた。自然に顔が向いたのだろうが、如才ない犬知恵だったかも知れぬ。

お登勢は、ごん太の心細そうな目に見詰められて、ふっと固い表情を解いた。

そして、

「おあささんの知り合いじゃあ、断れないわね」

思案顔で言った。

「こりゃあどうも、おかみさんすいません……ごん太、お前、またこの姉ちゃんに助けてもらったな」

寅次はお登勢に頭を下げると、ごん太の頭を乱暴に撫《な》でた。

「よかったな、ごん太。お登勢様、ごん太の面倒はおいらが見るよ。ごん太、兄ちゃんのいうことをきくんだぞ」

万吉は弾んだ声で言い、ごん太の首に抱きついた。

「話は決まったようだな、お登勢殿」

十四郎は、苦笑しているお登勢に言い、おあさと橋屋を後にした。

「でも、今日は本当に不思議な日、こんなことってあるのかしら」

おあさは、十四郎の足に遅れまいとして、時々小走りして横に並びながら、そう言った。

柔らかい月の光が隅田川縁の路を照らし、おあさの持つ提灯の明かりなど、いらないのではないかと思われた。

「ごん太のことか」

十四郎は、おあさの白い顔を見て言った。

おあさの顔は丸顔で、目が黒々と光っている。幼さの残る人形のような顔立ちである。

お兼が橋屋に駆け込んできてからずっと、おあさは、なにかとお兼に届け物を持ってきていた。

きびきびとした娘だと思っていたが、月夜に見るおあさの顔には、また別の、放ってはおけないような愛らしさが見受けられた。

「ええ、ごん太ちゃんの事もそうだけど、あたし、四、五日前にも、まさかと思う人に会ったんです」

「ほう……誰かな」

「十四郎様も先ほどお聞きになったと思いますが、三年前に焼け死んだと言われていた人にです」

「旅籠の人か」

「いいえ、泊まっていたお客さんです。あたしもびっくりしたんですが、でも今は、やっぱり人違いだったのかなって思っています」

「この世には、自分に似ている人間が三人はいると言うからな」

「ええ。あたしが働いていた旅籠の火事で死んだのは、座頭《ざとう》さんでしたから。目が不自由だったんです。でも、先日人ごみの中で見たのはお店《たな》のご主人って感じで、それに、目も見えてましたし」

「じゃあ人違いだな」

「でも」

おあさは立ち止まって、小首をかしげると、

「そっくりもそっくり、双子のようにそっくりでした」

目を丸くして言った。

十四郎は笑った。びっくりして見せたおあさの顔が可愛かった。

「火事の思い出は怖いけど、でも田舎は懐かしい……」

おあさは、江戸に出てきてから田舎に帰ったのは、一度っきりだと言い、貧しい暮らしの両親を見るにつけ、田舎に帰るお金があったら、そのお金を両親に送りたいのだと言った。

「感心だな、おあさは」

「いいえ。貧しいのはあたしのうちだけじゃありませんから。十四郎様、こんな歌知ってますか」

おあさは、くすりと笑って、すずやかな、ささやくような声で歌った。

こんどこのたび　親のため
知らぬ他国に身を売られ

西も東も南も北も
知らぬ所に身を売られ
つらいつとめをするからにゃ
どんな苦労もいとやせぬ

「これはね、深谷の里に伝わっている女郎歌っていうんです。この歌にある女の人に比べれば、あたし、本当に恵まれてるもの。おかみさんも旦那様もお優しいし、それにあたし、働くのって大好きだもの。いつかお金を貯めて、ちっちゃな小間物屋さんでも開けたらいいなって、思ってるの」

「ふむ。しかし、それよりいい人を見つけるのが先ではないのか」

「やだ、十四郎様。あたし、まだまだです。変なこと、言わないで下さいませ」

おあさは、頬を上気させて、きゅっと睨んだ。

おあさとの思いがけない道行きは、両国橋を渡ったところで終《しま》いになった。

「十四郎様、ここで、もう結構ですから」

おあさが言った。

おあさの奉公先の大和屋は亀井町で、ここからそう遠くない。

それにまだ宵の口で、通りには商店の軒提灯《のきぢょうちん》に灯が入っていて、大通りを選んで歩けば、危険があるとは思えなかった。

「そうか、では気をつけてな」

十四郎は橋の袂から、神田川沿いに歩いていくおあさの後ろ姿を見送った。

おあさは浅草《あさくさ》御門あたりから南西に向かう筈である。そうすれば、亀井町はすぐだった。

十四郎は、おあさの持つ提灯の明かりが、往来する人の向こうに消えるのを待って、米沢町の裏店に足を向けた。

おあさが歌うすずやかな声が、しばらく十四郎の耳から離れなかった。懸命に生きるおあさの姿は、十四郎の胸をあたたかく、切なく、満たしてくれたようである。

「十四郎様。おあささんが亡くなりました」

裏店の木戸を小走りに走ってきた橘屋の番頭藤七《とうしち》がそう言ったのは、翌日の昼前の事だった。

のろのろと起き出してきた十四郎が、飯釜を持って井戸端に行き、米を研いでいたときだった。

「何、なぜおあさが死ぬのだ」

十四郎は米を研ぐ手を止めて立ち上がり、昨夜、両国橋の袂まで同行したおあさの姿を思い出していた。

「今朝方、百本杭《ひやっぽんぐい》にひっかかって浮かんでいたようでございますよ」

百本杭とは、両国橋から吾妻橋《あづま》にかけての東岸中程にあり、蛇行した川の流れで川岸が浸食されるのを防ぐために、岸に沿って一帯に無数の杭が打ち込まれている場所のことを言っている。

「百本杭だと。なぜそんなところにおあさが行ったんだ。おあさは昨夜、まっすぐ店の方に帰った筈だぞ。それに、百本杭といえば、店とはまったく反対の方向の、川向こうではないか」

「とにかく、いまはまだ何も分かっておりません。お登勢様は町駕籠《かご》で大和屋さんに向かいました。で、私が十四郎様をお迎えにあがったのでございます」

「分かった。暫時待て」

十四郎は釜をひっ提《さ》げて家に入り、台所の流し台に置くと、両刀を手挟《たばさ》んで藤七と裏店を後にした。

——なぜだ。なぜおあさが死んだ。

目まぐるしく、昨夜のおあさの言動が思い出される。

そこに何か、死につながる原因を探そうとしてみたが、大路に踏み出すと、白く跳ね返って来る真夏の熱射に、十四郎の思考は停止した。

ただ、おあさの歌う声だけが、大和屋に到着するまで、繰り返し十四郎の頭の中を巡っていた。

おあさの死は、深谷の両親が嘆くのはむろんの事だが、自分たちの将来をおあさに託したいとまで言い切った、大和屋夫婦の落胆もさぞかしと思われた。

果たして、大和屋は静まりかえって、戸口には『忌中』の札が掛けられていた。

「十四郎様……」

お登勢は暗い顔で迎えると、おあさが安置されている奥の座敷に案内した。

枕元には、すっかり消沈したお兼と半兵衛が座り、そのまわりには大和屋の手代や女中たちが、沈痛な面持ちで控えていた。

「おあさの両親の到着を待って、葬儀はここで執り行うことに致しました。まさかこんなことになろうとは……」

半兵衛は嗄《か》れた声で言い、

「仕度がございますので」

と、重い腰を上げ、手代を連れて出て行った。

「おあさ……」

十四郎は、おあさの顔に掛けられていた白布をとった。

おあさの顔は、昨夜月夜で見た顔の白さよりいっそう白く、その頰と唇には、薄い紅が置かれていた。十四郎が手を合わせるのを待って、お登勢が言った。

「朝、釣りをしていた人が遺体を見つけたらしいんですが、南のお役人は外傷がないことから、足でも滑らせたか、身投げでもしたんじゃないかって言ってるそうです」

「そんな馬鹿な……俺は昨夜、両国橋の袂まで一緒だった。身投げをするなど信じられん。第一、なぜ百本杭にひっかかっていたのだ……両国橋を渡って帰路についたおあさが、また引き返して両国橋を渡ったか、あるいは川上の吾妻橋を渡ったか、二つに一つだろう。あんな刻限から、なぜに川向こうに渡ったのだ」

おあさは、何か突発的な事件に巻き込まれて殺されたのではないか……十四郎は、そう考え始めていた。そうでなければ説明のつかない話だと思った。

半年の間、たびたび橋屋に顔を出していたおあさが、あんなに楽しそうにおしゃべりするのを、昨夜、初めて見た十四郎だった。

おまけに歌まで披露してくれたのである。

「私は幸せです……」

歌に込められた女の悲哀に比べ、自分はいかに幸せかを、噛みしめていたおあさが、あっという間にこの世から消えた。

あんなに健気《けなげ》な娘がと思うと、やりきれない。

十四郎は、なぜおあさを、あの時店まで送り届けなかったかという、深い悔恨に襲われていた。

「十四郎様」

お登勢はついと立って、廊下に出た。

十四郎も立って廊下に出ると、

「腑《ふ》に落ちません。調べていただけますでしょうか。このままですと、お奉行所が動いてくれるとは、とても思えません」

お登勢は、厳しい目を向けた。

「むろんだ」

「こちらの皆さんは、何も思い当たるふしはなかったと言っていますが、先ほど十四郎様もおっしゃっていた通り、なんにもなくて、おあささんがあの刻限から、川向こうに行く筈がありません。こちらの皆さんも気付いていないような何か事情があったのではないかと、私はみています」

「うむ……おあさは三年前まで、中山道の深谷の旅籠で下働きをしていたというが、この大和屋の女中になるまで、どこにいたのだ」

「おあささんは火事に遭った後、縁者の口利きですぐにこちらの大和屋さんに奉公していますから」

「そうか……分かった」

十四郎は頷くと、それで大和屋を後にした。


──さて。

十四郎が表に足を踏み出した時、

「お待ち下さい」

後ろで声がした。振り返ると、女中が前垂れで手を拭きながら、追いかけてきた。

おあさの枕元にはいなかった女中だった。

「あたし、台所の方を任されているおせきといいます。おあさちゃんのことでちょっと」

おせきという女中は、こんなこと、旦那様やおかみさんには話せなかったものですから、と前置きして、

「おあさちゃん、いい人がいたんです」

と言った。

「まことか」

「はい。ご浪人さんですけど、倉田《くらた》さんとかいう人です」

「倉田……どこに住んでいる」

「それは知りません」

「で、いつからだ」

「半年前に、そのご浪人がこちらにみえまして、おあさちゃんに会いたいって言ったんです。それであたしが、おあさちゃんに取り次いだのですが、その時はおあさちゃん、田舎の火事のことをいろいろと聞かれたって言ってましたけど、そのうち、たびたび訪ねてくるようになって、いつの間にか、おつきあいするようになったようです」

「そうか……その浪人は火事の事を聞いていたのか」

「はい」

「まさか昨夜、その男から、呼び出しを受けたのではあるまいな」

「それはないと思います。おあさちゃんは、おつかいの途中でそんなことをするような人ではありません」

「うむ」

「倉田さんに会う時は、お休みを頂いた日に決まっていて……そういえば、今度のお休みの日に不忍池《しのばずのいけ》に行くんだって、おあさちゃん、嬉しそうに話していたのに……」

おせきは潤んだ声で言い、俯いた。

「不忍池に」

十四郎は、おせきの顔を覗き込むようにして聞いた。

「はい。弁天島《べんてんじま》にはどう行けばいいかって、あたしに道順を聞いていましたから」

「おあさの今度の休みはいつだったのだ」

「明後日です」

「そうか……いや、ありがとう」

「おあさちゃん、身投げするような人じゃありませんから」

おせきは、きっと顔を上げ、訴えるように言った。

「うむ」

「お互いに、幸せになろうねって約束してたんです、あたしたち」

「うむ」

「なんにも悪いことしてないのに……ただ、一生懸命生きていただけなのに……それなのに、どうしてこんな事になるのでしょうか」

「うむ」

その通りだと、十四郎はおせきの潤んだ目に頷いた。

三

「出るんだ」

自身番《じしんばん》の番人が、仮牢に留め置いていた竹蔵《たけぞう》を引っ張り出して、十四郎の前に突き出した。

「この男が竹蔵です。おい、座れ」

番人は、竹蔵の肩を押さえ付けるようにして座らせた。

「なんでえ、なんでえ。帰してくれるんじゃあねえのかい」

「こちらの旦那のお尋ねに、素直に協力してくれたら帰してやってもいい、北町からは、そういうお言葉を頂いている」

「ほんとですかい。ようがす。なんでも聞いて下せえ、旦那」

竹蔵と呼ばれた男は、一転して媚びるような声を上げると、頬骨の張った四角い顔を、十四郎の前に突き出した。

竹蔵は二八《にはち》蕎麦の屋台を引いている男である。

毎晩刻限になると、吾妻橋の袂に屋台を据えて、吉原《よしわら》帰りの男たちや、橋の東西の袂や下流で夜釣りをする客たちに、蕎麦を売っている。

いや、正確には、蕎麦と酒を売っていた。

ところが昨日の夜は、同じように蕎麦の屋台を引く常吉《つねきち》という男と橋の袂で喧嘩になった。

原因は、客を取ったとか取らぬとかいう諍《いさか》いだったが、言い争ううちに殴り合いの喧嘩になって、竹蔵は常吉に大怪我をさせ、知らせを聞いて駆けつけてきた北町の岡っ引に捕まって、この吾妻橋の西側にある材木町《ざいもくちよう》の自身番に放り込まれていたのであった。

その時竹蔵は、悪いのは常吉で、向こうが先に手を出したのだと言い張って、かなり抵抗したようだ。

岡っ引が、そこまで言うのなら証言をしてくれる者がいるのかと問い詰めると、ちょうど殴り合いの喧嘩を始めた時、提灯を提げた娘が通りかかって、その娘と目が合った。その娘を捜し出して、俺の言い分の正しいことを聞いてくれ、と言ったのである。

その話を聞きつけた北町奉行所与力の松波孫一郎《まつなみまごいちろう》が橋屋に連絡してきて、十四郎が自身番にやってきた、という訳である。

松波は吟味方《ぎんみかた》だが、ずっと以前から金五や十四郎と連携して、難解な事件を解決してきた、いわば仲間のような存在だった。

江戸市中で起きる事件は、寺社方、町方、それぞれの支配地に及ぶ場合も多々あって、裏では互いに協力していた。

今回のおあさの一件も、お登勢が金五を通じて、早々に松波に知らせてあったのである。

おあさは、南町奉行所の同心には身投げだと断定されていた。

そこで松波は密かに手下を使って、吾妻橋の東に広がる一帯を探索させ、向《む》島《こう》《じま》にある有名な料理屋『大七《だいしち》』に通じる道の畑の中で、橋屋の提灯が転がっているのを発見したと報告を受けていた。

そこへ、蕎麦屋の喧嘩の話が耳に入り、松波は自身番に話を通して、十四郎がじかに竹蔵から話を聞けるように取り計らってくれたのである。

「竹蔵とやら、お前が喧嘩を始めたのは、何刻《なんどき》ごろか」

「へい。五ツ（午後八時）前でした。野郎は、場所代も払ってねえのに、おれっちの横に屋台を据えたんだ。この野郎、とんでもねえ太え野郎だ、ゆるせねえってんで、おれっちが注意をしたら、野郎は木で鼻をくったような返事をしやがった」

「おい。聞かれた事だけでいい。余計なことをべらべらしゃべるな」

番人が横から怒鳴った。

「てやんでえ。すべてお話ししたほうがいいだろうと思うから、言ってるんじゃねえか」

「わかったわかった。お前がその常吉に注意をしたら、常吉が殴りかかってきたんだな」

「へい」

「で、その時、提灯を提げた娘が通りかかった」

「さようで、へい。野郎がおれっちの胸倉を掴んで一発殴ったその時に、通りかかった娘っこと目が合っちまったんでさ……で、その娘っこは、すぐに顔を背《そむ》けて向こうへ、橋を渡っていっちまいましたけどね」

「どんな娘だったか覚えているか」

「丸顔の、目のぱっちりした、可愛い娘っこでした」

「一人だったのか、その娘は」

「へい」

と言った竹蔵は、ふっと小首をかしげ、顎を撫でていたが、

「そういやあ、前を行く旦那を追っかけていたような」

と言う。

「何。どんな男だったのだ、その旦那というのは」

「おれっちは喧嘩の最中ですぜ……待てよ、そうだ。商人だ。中年の恰幅《かっぷく》のいい」

「いい加減なことを言うんじゃねえぞ」

また番人が、横から怒鳴る。

「嘘じゃねえ。なんなら、その娘っこを捜して聞いてくれ」

「いや、これで少し見えてきた。恩に着るぞ」

「旦那、こっちこそありがとうさんでござりやす。これでここから出してもらえるなんてありがてえ。いえね、これで嬶《かか》ァに、離縁されなくてすみそうです、へい」

竹蔵は苦笑して、頭の後ろに手を遣った。

――竹蔵が言う娘がおあさなら、おあさはいったい誰を追っていたというのだろうか。

十四郎は材木町の自身番を出ると、その足で、吾妻橋の袂に立った。

橋の向こう左手後方には、向島の木々の緑が、淡い月の光に黒々とした姿を見せていた。

おあさは、この橋を渡り、さらにあの向島の人気のない寂しい野道に入り、そこで何か尋常ならざる事件に遭ったに違いない。

十四郎は、おあさの遺体が百本杭にひっかかっていたと聞いた時、両国橋に投じられたおあさの体が、上げ潮にのって北に移動して百本杭に至ったか、あるいは吾妻橋あたりから投じられ、川下に流されて百本杭にひっかかったか、いずれかだと考えていた。

だが、竹蔵の話と、北町が発見した橋屋の提灯の話から分かったことは、おあさは橋向こうの闇の中で何者かに殺されて、隅田川に放り込まれたのだという事だった。

それも、川遊びの船の絶えた深夜に捨てられたに違いない。

大和屋では、帰りの遅いおあさを案じて、大勢の人を出して捜したが見付からず、神隠しに遭ったのではないかと考えていたらしいが、まさかおあさが川の向こうに渡っていたなどと、誰が想像できただろうか。

十四郎は、黒く光る大川の深いうねりを、じっと見詰めた。

おあさの体が、月下の死の淵に投じられたと思われるその刻限に、十四郎は心地好い眠りに墜《お》ちていた。今更だが、腹立たしいばかりである。

――だがあのおあさが、あの刻限に、後をつけたくなった人物とは誰なのか。

少なくともその人物に、おあさが危険を感じていれば、おあさが夜道をつけていく筈がない。

再びそこに考えが及んだ時、十四郎は思わず声を上げそうになった。

「十四郎様……」

お登勢の声がした。

十四郎が、橘屋の縁側で胸を広げて座り、団扇《うちわ》を使いながら、裏庭でごん太と戯《たわむ》れる万吉を眺めていた時だった。

「申し訳ありません。よんどころないご用で、つい帰りが遅くなりまして……」

振り返ると、お登勢が着物の裾をひいて小走りにやって来た。

「何、俺も先ほど来たところだ」

十四郎は、藤鼠《ふじねず》色の紗《しゃ》の小袖に紫紺の幅広の帯を締め、真白い襟をのぞかせて、そこに立ったお登勢を見てどきりとした。

着物も帯も寒色で統一したお登勢の姿は、涼しげできりりとして、それがかえって大人の色気を漂わせていた。

「お民ちゃん、冷や麦をこちらに持ってきて頂戴」

首を捩って廊下の向こうに呼び掛けると、お登勢は十四郎の側に座った。

一瞬、お登勢の着物に焚《た》きこめた香《こう》の香りが、十四郎の鼻をくすぐった。

十四郎は膝を直して、蕎麦屋の竹蔵の話を報告し、自身の考えを述べた。

「私も同じことを考えておりました。おあさちゃんは、三年前の火事が原因で殺されたに違いありません。十四郎様がおあさちゃんを送って行った晩に、おあさちゃんは火事で焼け死んだと思っていたお人に会ったと言ったんでしょう。でもその人は座頭ではなくてお店のご主人って感じだったと……その話と蕎麦屋の竹蔵という人の話は重なります。おあさちゃんは、両国橋の袂で十四郎様と別れた後に、また会ったんですよ、その人に……問題は、なぜそうまでして確かめようとしていたのかという事ですが……」

「うむ。おあさは倉田という浪人に、利用されていたのかもしれぬぞ。倉田は火事のことを探っていたらしいからな」

十四郎は、お民が運んできた冷や麦に早速口を付けた。

庭では万吉がごん太の毛を木櫛《きぐし》で梳《す》いていた。ごん太が逃げようとすると、万吉は強引に首根っこを摑まえて、袂から餌を出して与えて服従させている。

どうやら餌は炒り豆のようで、ごん太の嚙み砕く音が、こちらの方まで聞こえてきた。

ごん太はすっかり、万吉の弟分になったようである。

「そういえば、ごん太ですが、あの犬、旅籠で焼け死んだ座頭が連れていた犬らしいですよ」

「何」

「それに、炒り豆が好きなのも、飼主のその座頭が与えていたからじゃないかって、寅次さんが言うんです」

「寅次はどこにいる」

「大和屋さんです。おあさちゃんの死を聞いて、お別れに行きました。今日おあさちゃんの遺骨は、父親に抱かれて深谷に帰るそうですから」

「そうか……待てよ。すると、ごん太は、座頭の顔は知っているという事になるな」

「ええ多分。火事に遭った時の恐怖はまだあるようですし」

今朝のこと、お民が庭で枯れ草を燃やした時、ごん太が火に向かって激しく吠えて、異様な反応を見せたのをお登勢は見ていた。

「そういえば……」

お登勢は、何かに思い当たったような顔をしたが、その時、

「十四郎もいたか」

金五が、廊下を踏み締めてやって来た。

「深谷の宿の火事の一件、仔細《しさい》が分かったぞ」

金五は、どかりと腰を据えると、

「勘定《かんじょう》奉行配下に知り合いがいて、その男に調べてもらったんだが、不可解な火事だったと言っておったぞ」

金五は早速扇子を取り出して、忙しなくあおぎながら説明した。

三年前の七月のこと、火を出した深谷宿の旅籠『吉田屋』には、侍四人と座頭が一人、泊まっていた。

火が出たのは、その未明、空気が乾いていたためか、あっという間に吉田屋は炎に包まれた。

吉田屋は宿場の外れ、どちらかというと人通りの少ない場所にあり、近隣への飛び火は免れたが、宿場役人が首をかしげたのは、店の者も客も全員焼死したことだった。

目の不自由な座頭が死ぬのは無理からぬことだが、店の者も、武家四人も、全員焼け死んだということが、よからぬ噂を生んだ。

「ただの火事ではない。中で何かあったんじゃないかという訳だ。ところが宿場役人が焼け跡を調べてみると、刀はみな刀掛けにあったようだし、争っていたと思われる跡もない。みな枕を並べて焼死していたという事だ」

金五は、ぱたぱたと、扇子を使った。

「で、たまたまその時刻に実家に帰っていて助かったおあさの証言で、中にいた者の名前や人数が確かめられた。遺体は、人相風体までは無理だったが、男女の区別は骨格から判別できる。それによると、おあさの証言と遺体の数は一致したという事だ」

「ふむ……金五、焼死した武家の身元は分かっているのか」

「おあさが、四人とも戸田《とだ》藩の武家だったと言ったそうだ。宿場役人はすぐに、戸田藩の江戸上屋敷に連絡をした。すると屋敷からすぐに二人の武家が飛んできたが、腑に落ちないのは遺体の確認より先に、四人が死んでいた焼け跡を掘り起こして、しきりに何かを探していたことだそうだ」

「金か……」

十四郎が、きっと金五に目を向けた。

「多分な。金だとすると、五両や十両の額じゃない。大きな額だと俺は思う。ところが、宿場役人がいろいろ聞いてみたが、戸田藩の武家は何も語らなかったそうだ」

「そうか……そんな事があったのか」

十四郎は腕を組んだ。だが直ぐに、

「死んだ戸田藩の武家の名は分かっているのか」

「おう、それよ。死んだ客の名はこれに」

金五は、懐から一枚の紙片を出して、お登勢と十四郎の前に置いた。

一瞥《いちべつ》した十四郎は、自分でも顔が強張《こわば》って行くのが知れた。

走り書きしている四人の武家の名前の中に、倉田伴内《ばんない》という名があった。

お登勢ものぞき込んで、

「十四郎様……」

緊張した目を上げた。

「十四郎、おあさが会ったと言っていたのは、そこに書いている徳安《とくやす》という座頭だろうが、これでは焼死したことになっているぞ。まあ、真実は、あの犬だけが知っているということだろうが……」

金五はごん太を、顎で指した。

# 四

蓮《はす》の花がこれほど美しいとは、正直、十四郎は考えてもみなかった。

不忍池の水面に広がる濃い緑葉の間から、丸い茎が凛然《りんぜん》として立ち上がり、そのてっぺんに、典雅《てんが》で気高《けだか》い花が、何か大切な物を包み込むようにして咲いている。

花の色は、赤も白もあるようだが、総じて柔らかい色合いで、慈愛に満ち、観る人の心をいっときやすらかにしてくれるようである。

仏像の台座には、あまねく蓮の花弁が象《かたど》られ、仏の心が花弁の中に存在するかのごとく表現されているのも頷ける。

十四郎は、池に浮かぶ弁天島《べんてんじま》に向かう参道の中程にある天龍《てんりゅう》橋から、改めて周囲を見渡した。

花の盛りは既に過ぎたようだが、まだまだどうして、遅咲きの花が無数に見えた。

江戸随一の蓮の花の咲くこの不忍池は、花が咲き始める初夏の頃から人々が蓮見に訪れ、中島の弁財天を拝み、島にある茶屋に上がって蓮飯《はすめし》を楽しむのだと聞いている。

――おあさも、この景色をきっと眺めてみたかったに違いない。

休みの日を心待ちにしていたというおあさに、せめて一度、その思いを叶《かな》えさせてやりたかったものだ、と十四郎はしばしそこに佇《たたず》んでいた。

大和屋の女中おせきから、おあさはここで、昼前に待ち合わせの約束をしていたと聞いていた。相手は、倉田という浪人者に違いなかった。

そこで十四郎は巳《み》の上刻（午前九時）から、藤七を参道の入り口に置き、自身は弁天島で倉田を待っていたが、先ほど待ちくたびれて天龍橋まで引き返してきたのである。

おせきは、倉田という浪人は、いつも御納戸《おなんど》色の小袖に墨色の袴をはいていたと言っていた。

だがこの暑さである。同じ出で立ちで来るとは限らないが、そろそろ昼時である。

十四郎は、再び参道を歩いて、弁天島に渡った。

――あれか……。

二十歳を過ぎたばかりの、まだ若い浪人が堂の前で両袖に手を入れて腕を組み、立っていた。着ている小袖は御納戸色、袴は黒い。

「もし、そこもとは倉田殿と申されるか」

十四郎は、人待ち顔の、その浪人に声を掛けた。

浪人は、一瞬身構えたが、

「確かに私は倉田だが、ご貴殿は」

「俺は大和屋の知り合いの者でな、塙十四郎という。実は、おあさのかわりにやってきたのだ」

おあさと聞いて、倉田の顔は緊張した。

「怪しい者ではないぞ。ちと話しておきたい事があって参ったのだ」

「なぜです。なぜ、おあささんが来ないのです」

「おあさは、死んだ……殺されたのだ」

「殺された？」

倉田の顔が、一瞬にして青ざめた。

「おあさは、三日前の晩に、ある人物を追って殺されて、大川に投げ込まれたのだ」

「……」

倉田は、絶句した。激しい動揺と戦っているのが見てとれた。

「俺はおあさが、どうして、誰に殺されたのかを調べている。力を貸してくれぬか」

十四郎は、自分は橘屋の雇われ人である事や、おあさに関して知り得た全てを話してやった。

倉田という男は、どうみても、おあさの敵ではないと思ったからである。敵どころか、おあさとこの男は、深く心を通わせていたのだと、十四郎は直感していた。

しかも倉田はおそらく、三年前に深谷宿で火事に遭い亡くなった倉田伴内とは浅からぬ繋がりがある。

そういう人物ならば、おあさの不慮の死を座して傍観する訳がないと、十四郎は考えたからである。

しかし倉田は、しばらく、込み上げる感情を懸命に押し殺しているふうだったが、やがて、きっと顔を上げると、

「塙殿、お知らせいただき、ありがとうございました」

礼を述べると、立ち去ろうとした。

「待ちなさい」

十四郎は、厳しい声で呼び止めた。

倉田は、背を向けたまま、立ち止まった。

「何故、逃げる」

「……」

「おぬしは、戸田藩、倉田伴内殿のお身内の者ではないのか」

倉田が振り返り、驚愕した目で十四郎を見詰めてきた。

「おぬしがおあさに近づいたのは、三年前の深谷宿の火事のことを聞きたかったからであろう。おぬしは何を調べているのだ。おあさが殺されたのは、そのせいではないのかな」

「塙殿」

「それなのに、おぬしは俺に何も語らず去ろうとする。おあさは無駄死にか」

十四郎は斬りつけるように言った。

倉田は唇を嚙んで、きっと十四郎を見た。

「倉田殿」

「塙殿……おっしゃる通り、おあささんの死は、私が原因だと思います。お気付きの通り私は、深谷宿で焼死した倉田伴内の倅《せがれ》で、倉田宗之進《そうのしん》と申します」

と、言ったのである。

「そうか、やはりな」

「父伴内は、ある任務を帯びて、同藩の者三人に同行し、国元に帰る途中、深谷宿で焼死しました。むざむざと焼け死んだその失態を問われてお家は断絶《だんぜつ》、私は浪人となりました。しかし、私の口から申すのもなんですが、父は非常に注意深い人間でした。火事に気付かず焼け死ぬなどということは考えられません。私は、父の死の原因を知りたくて調べておりました」

宗之進はその火事で、生き残った者に、おあさという女中がいた事を知り、そのおあさが大和屋に奉公している事を半年前につき止めた。

そこで大和屋を訪ね、おあさからいろいろと聞き出したのである。

おあさが宗之進に語ったところによると、当日、旅籠には武家四人の他に座頭が一人泊まっていた。

ところが、座頭と武家四人は、江戸から深谷に来るまでに既によく見知った仲だったのか、座頭は旅籠に上がるなり、武家たちに酒を振る舞いたいと帳場に言ってきた。

その酒の仕度をしたのがおあさだった。

おあさは酒を座頭の部屋に運び、その後で実家に帰ったのだと宗之進に告げた。

火事はその未明に起きた訳だが、おあさの話を聞いた宗之進は、酒を振る舞ったという座頭に注目した。

根掘り葉掘り、おあさに会うたびに宗之進は座頭の話を聞いた。

聞くうちに、座頭は本当に目が不自由だったのかという不審が生まれた。

おあさが、徳安という座頭さんは、まるで目が見えている人のような感じがした、自在な振る舞いだったと言い出したからである。

そして、先日のこと、おあさは手紙で宗之進に、あの時焼け死んだ座頭にそっくりな人にこのお江戸で会ったと知らせてきた。

「その話を今日、おあささんから私は詳しく聞くつもりでした」

「ふむ……」

「塙殿。おあささんは私のために、その男が、焼け死んだはずの座頭だったのかどうか、確かめようとして殺されたに違いありません」

「座頭には、犬を連れていたという事のほかに、何か確かめる術《すべ》があったのか」

「はい。右腕にまむしの彫りものがあったと、おあささんは言っていました。座頭が風呂から上がってきた時に、おあささんは手を貸していた。その時見たのだと……」

「右腕にまむしの彫りものか」

「はい……」

「それでおあさは、つい深入りをしてしまったのだな」

「……」

「で、おぬしの父上のお役目だが」

十四郎が思い出したように、伴内の件に触れた時、

「それだけは、どうかご勘弁下さいませ」

宗之進は慌てて遮《さえぎ》り、口を噤《つぐ》んだ。

「宗之進殿。俺は他言は致さぬぞ。それに俺は、おあさの無念を晴らしてやりたいと考えている者だ」

「おあささんの敵《かたき》は、きっとこの私の手で……」

十四郎を見た宗之進の瞳には、きらりと光るものがあった。見開いた目の色に、怒りと切なさが駆け巡っているように見えた。

「御免」

宗之進は一礼すると、手挟んでいる腰の刀をしかと摑み、参道を小走りに去っていった。

「藤七……」

十四郎は、蓮飯屋の前で見物人を装っていた藤七に頷いた。

宗之進を尾行した藤七の報告を待っていた十四郎のもとに、一ツ目之橋《ひとつめのはし》の袂の河岸で、寅次とごん太が何者かに襲撃を受けたという知らせが来たのは、橘屋の台所が泊まり客の夕食の仕度で慌ただしい時だった。

知らせに来たのは岡っ引で、北町の同心、野呂馬之助《のろうまのすけ》から手札《てふだ》をもらっている才蔵《さいぞう》という者だった。

応対に出たお登勢に、才蔵は、

「寅次という芸人は大怪我を致しやして、うちの旦那の差配《さはい》で、北森下町《きたもりしたちよう》の柳庵《りゆうあん》先生のところに運び込みました。寅次がこちらに泊まっていると聞き、報告にあがった次第でございます」

と言う。

「分かりました。すぐに参ります」

お登勢は言い、仲居頭《なかいがしら》のおたかに後を頼むと、慌ただしく十四郎とともに、柳庵の診療所に走った。

柳庵は、慶光寺や橘屋のかかりつけの医者である。父親は千代田城に勤める優秀な表医師で、柳庵自身も本道《ほんどう》も外科も心得た腕の確かな医者である。ただ、歌舞伎役者の女形になりたかったという、少々変わり種の医者でもあった。

今年の春に、父親の家を出て、深川の北森下町に開業したばかりだが、寅次はそこに運ばれたというのであった。

十四郎とお登勢が診療所に駆け付けると、寅次は、診療所の奥の小部屋で、晒《さら》しを頭に巻いて眠っていた。

寅次の枕元には、ごん太が悲しそうな目をして、寅次を見守るように座っていた。

「離れないのですよ、この犬は」

柳庵はそう言ってから、

「十四郎様、こちらは北町の野呂様です」

野呂を紹介した。

「で、容体は」

十四郎が、激しい息を繰り返す、寅次の顔を覗きこむようにして聞いた。

「今はなんとも……肋骨《あばらぼね》が折れていますからね。折れた骨が胸の臓器につきささっていない事を祈るばかりです」

柳庵は暗い顔を向けた。

「いったい、どうしたというのだ」

十四郎が野呂に顔を向けた。

「こちらへ」

野呂は隣室の調合室へ促した。

「私の方からお尋ねしたいが、何か心当たりはないのですか」

野呂は隣室に移るなり、十四郎とお登勢に聞いてきた。

「いや……」

「そうですか……寅次は待ち伏せされていたようですよ。見た者がそう言っています」

「寅次さんを襲った者たちの、見当はついているのでしょうか」

お登勢が聞いた。

「いや、やくざな者たちという他には……」

野呂は口ごもった。

野呂と才蔵が駆け付けた時には、男たちは既に逃げていて、寅次は気を失って倒れていた。

急いで柳庵のところに寅次を運んだが、どこのあたりからか、犬がついてくる。それが、ごん太だった。

「襲撃を見た者の話では、男たちはごん太というあの犬を襲ったようです。それを寅次が庇って怪我を負わされたようですが、あの犬は最後まで相手の男たちに向かっていったようですよ。私たちが駆けつけた時には、姿が見えなかったのですが、寅次をここに運ぶ途中に姿を現しました。ごん太は、その時、男の誰かのものだと思いますが、食い千切った袖をくわえて帰ってきました」

「何、その袖はどこにある」

「犬が放しません。腹の下に敷いていますよ」

野呂は苦笑した。

お登勢はすぐに立っていって、ごん太に声を掛けた。

「ごん太、よく戦ってくれましたね。お前がそんなに勇敢だったなんて。賢い子だね、ごん太」

ごん太は、悲しげな目でお登勢を見た。お登勢は続けた。

「寅次さんはきっと元気になりますよ。でもこの敵は、きっと……約束します。ですから、お前が持ってる悪い男の証拠の袖を、こちらへ下さいな……ごん太……」

お登勢は、ごん太の頭を撫でた。

すると、どうだろう。ごん太が体を起こしたのである。

「お登勢殿」

これには十四郎が驚いた。

ごん太の腹の下には、木綿の瀧縞《たきしま》の袖があった。

「利口な犬だ」

野呂もびっくり眼《まなこ》で見つめていた。だがその野呂が、

「いや、ありがたい。これはたいへんな証拠になるぞ」

お登勢から袖を取り上げようとすると、

「うー！」

ごん太は、飛びかからんばかりにして、怒った。

その形相は、野生の動物の猛々《たけだけ》しいものだった。

「わかったわかった」

野呂は諦めて、苦笑した。


藤七が橘屋に戻ってきたのは、夜も五ツを過ぎていた。

それより少し前、十四郎はお登勢と柳庵の診療所を辞し、橘屋に戻っていた。

橘屋には金五と松波が待っていて、お登勢の勧めで、男三人は遅い夜食の膳を囲んだ。

お登勢は三人に団扇で風を送りながら、ごん太を連れ帰ろうとしたものの寅次の傍をどうしても離れず、仕方なく置いてきたが、犬とはいえ人にも勝る忠義者だと褒めちぎった。

どうやら、ごん太が自分にだけ心を開いているのだと、言いたかったようである。そう、お登勢に思わせたのは、ごん太が食い千切ってきた暴徒の袖を、お登勢にだけ素直に渡したことにある。

動物の知恵は侮《あなど》り難い。ごん太はお登勢を小娘のように喜ばせ、結局十四郎たちは、お登勢から終始ごん太の可愛さを聞かされて、食事をすませることになったのだが、その時、藤七が戻ってきた。

お登勢はすぐに、藤七の夜食も用意させたが、

「先にご報告を」

と、藤七は膝を揃えた。

「十四郎様、倉田宗之進様は、あれからまっすぐ、下谷《したや》の戸田藩、上屋敷に参られましたよ」

「何……追い出された藩の上屋敷に行ったというのか」

「はい。もっとも、ご門前までで、中には入っておりません。しばらくしましたら、中から中年の武家が出て参りまして、で、二人は連れ立って阿部川町《あべかわちよう》にある小料理屋『浦島《うらしま》』に入りました」

宗之進とその武家は、そこで一刻《いっとき》（二時間）ほどを過ごした後、仲居に送られて出て来たのである。

藤七は二人を見送って後、仲居に、宗之進と一緒だった武家の名を聞いた。

仲居は返事をしぶっていたが、藤七が小粒を握らせると、

「戸田藩の目付《めつけ》で島岡左一郎《しまおかさいちろう》様です」

と、教えてくれたのである。

藤七は、すぐに宗之進の後を追った。

宗之進は、元鳥越町《もととりごえちょう》の裏店に入っていった。そこが宗之進の住まいのようで、そこまで追跡して、藤七は帰ってきたのである。

「十四郎様、宗之進様は本当にご浪人なのでしょうか」

じっと聞いていたお登勢が、思案の目を向けた。

「はて……目付と頻繁に連絡を取り合っているとなると、宗之進殿の調べは、実は藩ぐるみで関与している事柄かもしれぬな」

十四郎がそう言った時、

「十四郎、実はな、松波さんとここに来たのは、その事だ」

金五が、すすっていた茶碗を置いた。

金五のその後の調べによれば、当時、戸田藩は隠富《かくしとみ》をやっていた疑いがあったのだと言う。

「何、隠富だと……まさか、藩ぐるみでやっていたのではあるまいな」

「そのまさかだ」

金五は苦い顔をして頷いた。

近年、江戸の民の富くじへの熱狂は、毎月どこかの寺で富突きが行われている程の盛況ぶりである。

もともと富くじは、神社仏閣の再建や改修工事などの費用を得るために始められたもので、幕府も財政不如意《ふにょい》のところから、富くじの収益金でそれが補えればと思ったのか、許可制にして目をつぶった。

ところが、この熱狂的な富くじ興行を利用して、近頃は官許のない、隠富が横行していた。正規の富くじは、寺社奉行配下の監視のもとで、寺や神社で行われるが、隠富は、ひそかに自邸や隠れ家で行われる。

しかも、正規の富札が高いものでも一枚が二朱《しゅ》程度で何万枚も発行し、一番当たりも五百両ほどが上限なのに比べ、隠富は一枚一両、二両で販売され、当たりも千両という高額なもので、裕福な人を目当てにした賭博性の高いものだった。

文政《ぶんせい》六年（一八二三）には、この隠富を、水戸《みと》藩下屋敷が行って、河内山宗春《こうちやまそうしゅん》に恐喝され強請《ゆす》られるという事件まで起きている。

この時幕府は、御三家である水戸藩に制裁を加えることも出来ず、結局水戸家を強請った河内山宗春を捕まえて小伝馬町《こてんまちょう》で獄死させたが、以後、各藩邸内でこのような博打《ばくち》を行わないよう、寺社奉行も町奉行も神経をとがらせていた。

それもあってか近頃では、隠富をやる時には、藩邸は場所だけ貸して、差配はやくざ者の親分などを使うといった、手口は巧妙なものになってきていた。

　発覚すれば、その末路は河内山宗春と同じである。

　ところが、そういった危ない仕事も、多額の手数料を目当てに引き受ける悪は、この江戸にはいくらでもいた。

　藩も、いざという時には白《しら》を切ろうという訳である。

「戸田藩の隠富は、一枚三両だったと聞いている」

　金五は言い、十四郎を、そしてお登勢を見た。開いた口が塞がらないというような顔だった。

「ふむ。それで、何枚捌《さば》いたのだ」

　十四郎が聞いた。

「それは分からんが、博打好きの商人なら一人で何枚も買うと聞いているからな。触れ込みでは当たりくじは千両だったらしいが、くじを買った連中の中に、なけなしの金をはたいて買った小商人がいたらしく、三両の札が紙切れになったと町奉行所に訴えたのだ」

　泡を食った町奉行所と寺社奉行所は、協議を重ね、戸田藩の家老を呼び付けた。

　ところが、その家老は全く知らなかったらしく、隠富に関与していたと名のあがっている家臣も、すでに江戸にはおらぬといい、藩への調べは中断した。だが、両奉行所は、江戸を出た武家四人が、隠富で儲けた金を持って出たに違いないと睨んでいた。ところが深谷宿でその武家四人は焼死した。

「ただ、宗之進の父伴内については、三人の仲間ではなかったと聞いている」

金五が話し終わると、今度は松波が言った。

「塙さん、実は、戸田藩の隠富に手を貸した人物を、町奉行所は掴んでいたんですよ」

「誰です」

十四郎がすかさず聞いた。

「人入れ稼業をやっている儀助《ぎすけ》という男です。儀助は鑑札《かんさつ》なしの、口入屋《くちいれ》です。当時は東本願寺《ひがしほんがんじ》の裏手にある田原町《たわらまち》で、浮浪者や、もと罪人の口入れをやっていました。で、踏み込んだのですが、証拠の札も金も出てきませんでした。町奉行所もそれで探索は打ち切ったという訳ですが、しかし私は、儀助はただのあやつり人形ではなかったかと、考えています」

「裏に黒幕がいる、そういう事ですね」

「そうです。私は、深谷宿で戸田藩士が焼死したのも、その黒幕がやったのではないかと……」

「松波さん、その黒幕ですが、座頭の徳安ということは考えられませんか」

と険しい目を向けた十四郎に、松波が言った。

「塙さん、おあさが追っていたのは、どうやら大松屋《だいまつ》だったようですぞ」

「大松屋？……松波様、その大松屋というのは、あの、平右衛門町《へいえもんちょう》に店を張る、唐物《からもの》屋さんではありませんか」

お登勢が、驚いて聞いた。

「いかにも。唐物屋の大松屋仁兵衛《にへえ》です。大松屋は金にものを言わせ、珍しい書画骨董《こっとう》を集め、商いの相手もお大尽《だいじん》や大身《たいしん》の旗本《はたもと》など、金のある者ばかりだと聞いています」

松波は含みのある言い方をした。

松波の配下が調べたところによれば、向島にある有名な料理屋『大七』の客が、帰りの道筋にある大松屋の寮の前で、おあさらしき娘が佇んでいたのを見た、と証言したというのである。

「おあさちゃんは、大松屋さんを尾《つ》けていたのですか……」

お登勢が、呟くように言った。

# 五

「お登勢殿、しっかりなされよ」

十四郎は、抱きかかえたお登勢の体をゆすってみた。だがお登勢は、白い顔を十四郎の胸に預けたまま、ぐったりとして気を失っていた。

——困ったな。

辺りを見渡した時、

「お武家様、よろしければお部屋をお使い下さいませ」

紺地の法被《はっぴ》を着た男が走りより、後ろの小料理屋を振り返った。

場所は柳橋《やなぎばし》の南袂、神田川の切れる下柳原同朋町新地《しもやなぎわらどうぼうちょうしんち》である。両国橋西詰北側に位置しているが、気を失ったお登勢を、十四郎の住まいする米沢町まで運ぶのは、少々道程がありすぎた。

小路の前は神田川で船がぶつかりあうように並んでいる船着き場、後ろはずらりと小料理屋が軒を並べている。

ここは船に乗ろうとする人たちの通路にもなっていて、いかにも人の目も気になっていた。十四郎は番頭と思《おぼ》しき男の言葉に頷いた。

「お怪我はなさっておられないようですから、すぐに気がつかれましょう」

番頭はそう言うと、お手伝い致しましょうかと聞いてきた。

「いや、大丈夫だ」

十四郎は、お登勢の背中と両膝の後ろに腕を差し込み、しっかりと抱きとめた後、立ち上がった。

急いで番頭の案内する小料理屋の暖簾《のれん》をくぐり、そのまま階段を上ると、すぐ側の小部屋に入った。

番頭が大慌てで、そこにあった座布団を並べ、十四郎はその上にお登勢を横たえた。

お登勢は見掛けは華奢《きゃしゃ》だが、気を失った体はずしりと重く、十四郎は荒い息を吐きながら、

「すまぬが、濡れた手ぬぐいと、水を頼む」

お登勢の、ぐったりとした白い顔を見ながら言った。

「ただいま」

番頭がとって返すと、間を置かずして、今度は小女《こおんな》が、濡らした手ぬぐいと

水を持って駆け上ってきた。

「何かございましたらお申し付け下さいませ。お医者はどうしましょう」

と聞く。

「いや、大事ない。ありがとう」

十四郎は、小女が下がると、お登勢を後ろから抱え起こして、その背に活《かつ》を入れた。

「うっ」

お登勢が呻《うめ》いて、顔を歪《ゆが》めた。

「お登勢殿」

十四郎は、素早く前にまわると湯飲み茶碗を取り上げて、お登勢の口元に当てた。

だが、お登勢は夢でも見ているように、口元を引き締めたまま、顔を背けた。

その拍子に水は、お登勢のふっくらとした唇から頤《あご》へ、そして透き通るように白い喉元に落ちた。

——いかん。

十四郎は、慌てて手ぬぐいを引き寄せて、お登勢の胸元を拭いた。

お登勢は、美しい顔を無防備に十四郎に向けて、微かな息を立てている。橘屋の女将《おかみ》として、常々きりりとした姿勢をみせるお登勢の顔が、今日は儚《はかな》げに見える。

十四郎は、湯飲みの水を口に含んだ。

そして、お登勢を静かに横にすると、その唇に自身の唇を重ね、少しずつ、お登勢の口に水を落とした。

ごくりと、お登勢の喉元に水を嚥下《えんげ》する音が聞こえた時、十四郎は慌ててお登勢から体を離し、まだ残っていた口の中の水を飲んだ。

「お登勢殿」

再び呼んで、濡れた手ぬぐいをお登勢の頰に当てた。

お登勢は、いやいやをするように顔を揺らしていたが、きつねにつままれたような声を上げ、覗き込んでいる十四郎を見た。

「気がつかれたか」

「十四郎様」

お登勢は慌てて起き上がり、膝を整えると、恥ずかしそうに襟元に手をやった。

「いったい、どうしたのだ。ごん太が知らせてくれなかったら、お登勢殿も宗之進殿も、どうなっていたかわからんぞ」

「やはりごん太が、十四郎様に……」

お登勢は感動したような目を向けた。だがすぐに、

「すみません。宗之進様はどうされました」

辺りを見回して聞いた。

「宗之進殿は怪我を負われた。何、たいした怪我ではござらん。肩を少し斬られておった。それで藤七に送らせたのだが、心配はいらぬ。それよりびっくりしたぞ。寅次が死んでから顔を見せなかったごん太が現れたんだ。しかも、俺を呼びにきたとわかった時には、何があったのかと……」

十四郎は、ここ数日の出来事を、すばやく思い出していた。

話は五日前に遡《さかのぼ》るが、ずっと柳庵の診療所で寅次に付き添っていたごん太が、意気消沈した姿で橘屋の玄関に現れた。

おやっと見た十四郎が、ごん太を招き入れると、ごん太は首輪に文を付けていた。

「お登勢殿」

十四郎は奥に向かってお登勢を呼び、首輪の文を取った。

文は柳庵からのもので、寅次が死んだと書いてあった。

「ごん太……」

お登勢は文を読むと、悲しそうに見上げるごん太の頭を撫でた。

するとごん太は、お登勢にすり寄って鳴いた。悲しげな声だった。そして最後に、狼が遠吠えするような悲痛の声を長々と上げたのである。

ごん太は、寅次が怪我をしてから、幾度橋屋に連れ帰っても、すぐに診療所の寅次の枕元に走っていた。

ごん太が橋屋に帰ってくるのは腹が空いた時だけで、万吉に餌を貰って腹を満たすと、また寅次の元に走るのであった。

誰から言われた訳でもなく、寅次の枕元に通うごん太の後ろ姿に、橋屋の誰もが胸を詰まらせた。

寅次はごん太の命の恩人だった。とはいえ、ごん太は犬である。

十四郎もお登勢も、犬が、これほどまでに飼い主の体を案じるものかと感心していたのであった。

そんな時、寅次はごん太の看護もむなしく死んだ。

ごん太はまた、独りぼっちになったのである。

しかしこれでごん太も寅次のことは諦めて、橘屋に居着くかもしれないなどと思っていたところ、翌日回向院の無縁仏を埋葬する地に寅次が葬られると、ごん太は今度は、回向院の無縁墓地から離れなくなったのである。

回向院無縁墓地は、正門から入ると、左手奥一帯に広がる木々に囲まれた場所にある。普段は人けのないところだが、そこでごん太は終日座り込んでいるらしく、餌の時間になっても、橘屋に帰ってこなくなっていた。

心配した万吉が餌を持って回向院に行ったらしいが、ごん太はすっかり痩せていたと万吉は言い、泣き出した。

「ごん太は死ぬかもしれないよ。お登勢様、十四郎様。ごん太を助けてやって下さい」

万吉まで、食事が喉を通らなくなっていた。

万吉に言われるまでもなく、十四郎も案じていたところ、突然今日の夕方、橘屋に現れた。

しかもごん太は駆けてきたのか、荒い息を吐き、猛烈に吠えた。

「どうしたのだ、ごん太」

十四郎がしゃがみこんで、ごん太の頭を撫でてやろうとしたその時、ごん太はいきなり十四郎の着物の裾に嚙み付いて、引っ張ったのだ。

——なにかあったのか。

嫌な予感がして、藤七と二人でごん太の後を追って、この柳橋まで走ってくると、懐剣を構えたお登勢と刀を抜いた宗之進が、匕首《あいくち》を抜き放ったならず者たちに囲まれている。

宗之進はお登勢を庇って立っていたが、既に肩を斬られて血を流し、荒い息を吐いていた。

「待て、俺が相手だ」

十四郎が走り込むと、

「退《ひ》け」

ならず者たちは、頭《かしら》と思える男のその一声で、匕首を懐におさめて引き上げた。だが、

「十四郎様」

お登勢がほっとした顔を見せ、十四郎の傍に走りよろうとしたその時、物陰から背を丸めて、男がお登勢目掛けて突っ込んで来た。

男の手元には、鈍く光る刃が見えた。

「あぶない……」

お登勢の胸に、男が体当たりするその刹那、十四郎の剣が鞘走《さやばし》った。

「うわっ」

男の悲鳴が上がった時、匕首を握った男の腕が空に飛んだ。男は一瞬何が起こったか分からないような呆けた顔で、自分の腕が飛んでいくのを見詰めていた。

同時に、ぐらりとお登勢が気を失って倒れてきた。十四郎はすばやくお登勢の体を抱き留めて、その男の顔をきっと睨んだ。

「ひ、ひえっ」

男は後退り、腕を抱えて転げるように逃げていった。

「十四郎様」

藤七の声に振り向くと、藤七は宗之進の脇に体を入れて支え、立っていた。

「藤七、お前は、宗之進を送っていけ。お登勢は俺が連れ帰る」

これが、この小料理屋の座敷を借りるまでの経緯であった。お登勢が襲われた仔細は十四郎にはまだ何も分かっていないのである。

「十四郎様、実はわたくし、今日、所用があって元町《もとまち》に参りました」

と、お登勢は切り出した。

気がつくと目の前をごん太が歩いていた。

呼び掛けると、首だけ捩ってちらっと向いたが、すぐにまた、まっすぐ前を見据えて歩いて行く。

「ごん太」

寅次が死んでから、橋屋にも顔をださなかったごん太が、何故こんなところを徘徊《はいかい》しているのか。怪訝に思ったお登勢は、ごん太の後を追った。

ごん太は、まるでお登勢を導いて行くように、お登勢の歩調に合わせて横網《よこあみ》町《ちょう》に入った。そして、小路を入って、一軒の仕舞屋《しもたや》が見渡せる物陰に座り込んだのである。

舌を出して荒い息遣いをしているごん太は、やはり万吉が心配していた通り、かなりやつれて見えた。

陽射しも強く、ごん太は体を休めるために座り込んだのかと思ったが、そうではなかった。

まもなく、その仕舞屋から手下を従え、出てきた男を見て、お登勢はびっくりした。

「その男の着物の柄が、ごん太が食い千切ってきた、あの柄と一緒だったのでございますよ」

「なに」

十四郎は驚いた。まさかという気がした。

「男の片方の袖は、よく似た柄の袖にかわっておりましたが、着物の柄は間違いなくあの袖の柄でした。驚いたのはそればかりではありません。十四郎様にはお話ししていなかったのですが、その男を見て、大変なことに気が付いたのです」

それは、寅次がごん太と橘屋に逗留し始めてまもなくの事だった。

橘屋にも、いっときごん太を見ようとする見物人が押し寄せたことがある。

その見物人は裏庭の垣根の中にまで立ち入って、ごん太に黄色い声を送っていた。

その見物人たちに、ふっとお登勢が視線を投げた時、昨年青磁《せいじ》の抹茶茶碗を買い求めるために覗いた唐物屋大松屋の主の姿があったのである。

——あらっ。

と見た時、ごん太が激しく尾っぽを振って、大松屋を見て吠えた。ごん太の声は牽制《けんせい》する声ではなくて、喜びに溢《あふ》れた鳴き声だった。

なぜかしら……と思うまもなく、大松屋は逃げるように立ち去った。

そしてその翌日に、どこかの手代風の男が現れて、

「ごん太ちゃんを五両で売っていただけませんか。いや、うちの旦那様は十両出してもぜひ譲っていただきたいと申しておりまして」

手をもむようにして言った。

ちょうど居合わせた寅次が、

「どなたか存じませんが、お断りします。あいつは犬じゃあねえんですよ、旦那。あっしの弟なんですよ。二人で一人前でございやして、ごん太がいなくては、あっしは生きてはいけねえんです。それほど大事な奴なんです。五両が百両と言われても、あっしはあいつを手放すつもりはござんせん。どうぞ、ひきとって下さいまし」

寅次はきっぱりと断った。

ごん太と寅次が襲われたのは、その夕刻だったのである。

「十四郎様。ごん太を譲って欲しいと言ってきたその男が、瀧縞の着物を着た男だったんですよ」

「なに」

十四郎は、思わず声を上げた。

「その男の名は儀助といいます」

「まことか」

「はい。仕舞屋から一緒に出てきた手下が、儀助親分って、呼んだんです」

もの言えぬごん太が、寅次を死に至らしめた男の所在をつきとめて、その男の家の前で張り続ける事で、まわりの人間に男の悪を知らせようとしていたに違いないと、お登勢は思った。

ごん太がいじらしいと思った。切なくて胸が詰まった。

ごん太は、出かけていく儀助にうなり声をあげるでもなく立ち上がると、ちらっとお登勢に視線を送り、儀助の後を追った。

お登勢も、ごん太に誘われるようにしてついて行った。

「十四郎様、儀助はどこへ行ったと思います？ 儀助は、両国橋を渡り、柳橋を渡って、平右衛門町の唐物屋の大松屋に入ったのです」

「お登勢殿……」

目を丸くした十四郎に、お登勢は頷いて、

「儀助が唐物屋の客である筈がありません」

お登勢は、大松屋に揺さぶりを掛けてみようと考えた。しかし、もしもの事を

考えて、

「ごん太、賢い子だね。橋屋に戻って、十四郎様に知らせてちょうだい」

ごん太の背を押した。

ごん太は、まっしぐらに駆けて行った。

それを見届けて、お登勢は大松屋の店に入った。

案の定、先に入った儀助の姿も、大松屋仁兵衛の姿も店にはなかった。

そこでお登勢は、

「以前に茶碗を拝見した橘屋のお登勢でございます。ご主人様にじきじきに、お話を伺いたいのですが……」

店の者にそう告げて、奥にいた大松屋を呼び出した。

「これはこれは、橘屋さん。お久しぶりでございます。いえね、ちょうどよろしゅうございました。これは内緒でございますが、支那の国の茶碗が入っております。今度はきっと、お気に召すと存じますが、ご覧になりますか」

大松屋は手を揉むようにして膝を揃える。

「大松屋さん。今日は茶碗のことで伺ったのではございません」

「ほう、なんでしょうか」

「大松屋さんでございましょう?……以前に私の宿に使いをよこして、ごん太という犬を欲しいとおっしゃったのは」

お登勢は、ほほほと笑って、大松屋の顔を見た。

強張った顔がそこにあった。だがすぐに、大松屋は笑みを浮かべ、ふと考える仕草をして、

「はて、なんの事ですか、覚えがございませんが」

と言ったのである。

「そんな事はございませんでしょ。だって今さっき、ここに入ってきたお人は、儀助さんというお人らしいですが、あの方が、私の宿に主の使いだとおっしゃって、やってきたのですよ」

「儀助……いやいや、そのような名も初めて聞きます。それに今入ってきたと言われましても、ご覧の通り、お客様は橘屋さんだけでございますよ」

「いいえ、間違いございません。わたくし、尾《つ》けてきたんですよ。あの人は翌日ごん太を襲いましてね。その時ごん太が、袖を食い千切って帰ってきましたが、その袖、今ここに入った儀助さんの袖の一部だとはっきり分かったのでございますよ。なんでしたら、ここに持っております。ご覧になりますか」

お登勢は、袂を叩いて見せた。

袖は同心の野呂に渡していて、お登勢の手にはなかったが、かまをかけたのである。

大松屋の表情が、みるみる険しくなって行くのが、お登勢の目には瞭然とした。

「橘屋さん。そういうご用でしたら、どうぞもう、お引き取りを……知らない人の、あらぬ話を持ち掛けられては迷惑だ」

腰を上げた大松屋は、ぞっとするような目で睨《ね》めつけた。

「知らない人の、あらぬ話とおっしゃるのなら」

お登勢も腰を上げ、大松屋をきっと見返すと、

「大松屋さんの話を致しましょう」

「私の」

「はい。実はおあささんという大和屋さんの女中さんが、大松屋さんは深谷宿の旅籠で亡くなった座頭さんとそっくりだって言ってましてね。その座頭さんには腕にまむしの彫りものがある筈だって教えてくれましたが、その話はどうなんでございましょうね」

「橘屋さん、まさかあなた。私の腕に彫りものなどある訳がございませんよ。お

あさとかいう女中も知りません。まったくなんていう人だ。もう、二度とこの店には来ないでくれ」

大松屋は、足を鳴らして奥に消えた。

——これでいい。

お登勢は、脅しの効果は十分あったと、そう思った。

ところがお登勢が大松屋を出て、柳橋を渡っていると、すっと浪人が体を寄せてきた。

「橋屋さんですね。なんという危ない真似をする。後ろから追っ手がきていますよ。私は倉田宗之進、お聞きになっていると思いますが」

宗之進がお登勢に耳打ちしてまもなく、橋を渡り切ったところで、二人は後ろから走ってきた数人の男たちに囲まれた。

声をあげる間もなく、男たちは匕首を抜き放って、お登勢に斬りつけてきた。

宗之進がお登勢を庇って斬り結ぶが、男たちは声も立てず右に左に自在に飛んで、まもなく宗之進が肩を斬られた。

あわやというところに、十四郎が駆け込んできてくれたのだとお登勢は言った。

十四郎は、ごん太の執念と、お登勢の肝っ玉には舌を巻いたが、

「お登勢殿、後は俺に任せてくれ。危ない真似は、これっきりにしてくれぬか。これは俺の願いでもある」

厳しく言った。

お登勢は叱られた子供のように俯いた。だがすぐに顔を上げると、苦笑して言った。

「せっかく、いいところをお見せしようと思っておりましたのに、十四郎様の姿を見て、つい気がゆるんでしまいました」

六

三ツ屋《みや》はこの時期、涼風を求めて、隅田川の景観を楽しむ客のために日中も船を出す。

昼間は水茶屋、夜は船宿として、三ツ屋は深川では五指に入る繁盛をしているが、それはひとえに、お登勢の意思を忠実に守り営業している女たちの心配りにあった。

三ツ屋の奉公人は、すべて慶光寺に駆け込んで修行を終えた者たちで成っている。実は駆け込みには、訴訟の費用や、寺の中で修行する二年間の賄い金や、ことによっては夫との手切金が要る。

橘屋はそういった金を女たちに立て替えてやっていた。だから女たちは、寺を出た後この三ツ屋で働いて、その給金を返済に当てていた。

寺での修行は上納金の高《たか》によって大奥《おおおく》のように身分が定められ、禅尼万寿院《まんじゆいん》を頂点にした女ばかりの生活で、行儀作法もみっちりと躾《しつ》けられるのである。

その甲斐あって、三ツ屋の女たちの接客はすこぶる評判がよく、店の雰囲気もいいという噂が噂を呼んで、常に客で満杯だった。

近頃では折弁当まで出すようになっていた。

十四郎は、船に乗り込むお客たちの賑やかな声を窓の下にとらえながら、目の前に端然《たんぜん》と座す戸田藩目付、島岡左一郎をじっと見た。

島岡には、おあさの一件をはじめ、ひととおり今説明したところであった。

島岡の傍らには倉田が、そしてこちらには金五が膝を揃えている。

十四郎は、島岡とは早急に面談したいと考えていた。そこへ折よく島岡の方から会いたいという連絡がきた。

傷ついた宗之進を戸田藩まで藤七が送り届けた事が功を奏したのか、あるいは、宗之進が今までの仔細を島岡に報告していたものか、島岡の方から三ツ屋まで出向いてきた。

　島岡は歳が四十前後かと思われる武家で、藩の重鎮らしく落ち着いていて、その風貌にも信頼できるものが窺えた。

「なるほど、そういう事でござったか」

　島岡は十四郎の話を聞き終わると、組んでいた腕を解いて頷いた。

「島岡殿。こちらはどうあっても、おあさや寅次の無念を晴らしてやらねばと考えています。ですから、そちらも何もかもお話し願いたい。倉田殿が浪人に身をやつし探索されてきた事は、ただの、親父殿の死の真相をつきとめるといった単純なものではござるまい。今も話した通り、こちらも見当は付けてござる。他言は致さぬ。お互い協力できればと存ずるが……」

　十四郎は腹のうちを述べた。

　島岡は、しばらくじっと考えていたが、

「お話し致そう」

　顔を上げると、切り出した。

　戸田藩では三年前、筆頭家老の座をめぐって、争いがあった。

一人は国元にいる相良《さがら》家老、そうしてもう一人は江戸に詰めている高林《たかばやし》家老。二人が互いに牽制しあっていた時のこと、高林家老は国元で相良が不正を働き、藩庫に一千両近い穴をあけている事を知った。

その事実が表沙汰になれば、相良は筆頭家老の座はおろか蟄居《ちっきょ》、あるいはお家は断絶となる筈だった。

高林家老は相良家老の不正の確証を掴むべく調査を始めた。だがすぐに高林家老の策は国元に知れた。

上屋敷に勤めていたあの三人の藩士が、相良派だったのである。

まもなくその三人は、高林家老や島岡の目を盗んで、儀助という得体の知れない男を使い、下屋敷を舞台にして隠富をやった。

目付の島岡の耳にその収益が千両とも二千両とも聞こえてきたのは、三人が国元の相良家老から早急の帰国の命を受け、江戸を発った後だった。

隠富の金は、不正の穴を埋めるためのものだということは明白だった。

そこで高林家老と目付島岡は、ひそかに、隠富の金が国元の相良家老の手に渡るのをつき止めようとしたのであった。もちろん確証を掴んで、相良家老を追い落とすためである。

その役を、宗之進の父、倉田伴内に申し付けたのである。

倉田伴内は、三人の後を追って、すぐに江戸を出立した。

首尾よく三人に追いついて、何食わぬ顔で同道している。例の金は三人が分け持って運んでいるという連絡が伴内から入ってまもなく、全員深谷宿で焼け死んだと宿場役人から連絡が来た。

島岡はすぐに配下の者を宿場にやった。火事の跡を探索させて、三人が運んでいたと思われる金や、相良と繋がっていると確証できる書類を押さえるためだった。

ところが書類はおろか、金も一両たりとも見つからなかったのである。

枕を並べて焼け死んだという三人に対しては、武士にあるまじき失態だったとして、即刻一律にお家断絶が言い渡された。

ただ、倉田家については、子の宗之進が事の次第をすべて解明した暁には、お家再興は必ず叶えるという約束をしていたのだ。

倉田宗之進がいろいろと調べていたのは、そういう事情があったのである。

宗之進は調べていくうちに、おあさの話もあって、事件の鍵は座頭が握っていると確信した。

座頭も火事で死んだ事になっていたが、当時儀助が使っていた島帰りの円蔵《えんぞう》という男が、相前後して江戸を発ち、中山道に入り、同じ深谷の宿であの火事以来忽然と姿を消していたのをつき止めていた。

倉田は、火事で死んだのは座頭ではなくて、円蔵ではなかったかと考えていた。

「あと一歩。おあさという娘が、座頭が生き残っているという証明をしてくれれば……だが、おあさという娘まで殺された。こちらとしては、もはや、手の打ちようがござらんのだ」

島岡はいかにも悔しいといった顔で、十四郎と金五を見詰めた。

「いや、手立てはござるぞ」

金五が言った。

「ある……まことですか」

島岡が膝を乗り出した。

「ごん太という犬がいるが、その犬に聞けば大松屋と座頭が同一人物かどうか分かる」

「犬ですか」

島岡は苦笑した。

「犬ですが賢い犬です」

十四郎が言った。

大松屋仁兵衛の寮は、静寂に包まれていた。

大松屋は今日、慌ただしく店を畳んだ。そして、店にあった商品をことごとく梱包《こんぽう》し、江戸橋の下手南側にある貸蔵に押し込んだ。

そうして、すっかり旅仕度を調えて向島の寮に入った。

お登勢のゆさぶりがよほど堪《こた》えたのか、しばらく江戸を離れて上方にでも行くつもりらしい。

張り込んでいた藤七から連絡を受けた十四郎は、暮六ツ（午後六時）、ごん太を連れて、大松屋の寮の玄関脇の茂みに潜んだ。

藤七はむろんのこと、襷《たすき》をかけた宗之進も側にいて、寮に通じる小道の両脇の雑木の中には、金五と北町与力の松波も捕り方を従えて待機していた。

人通りも絶えた夜の五ツ、闇に、数個の提灯の灯が見えた。やがてその灯は、野道を踏み締める無言の集団となって近付いてきた。

儀助たちに違いなかった。

集団は、十四郎たちが潜んでいる大松屋の寮に、真っ直ぐ、一丸となって歩いてきた。

一行が寮の戸口に立った時、灯の光に、鋭い目の色をした凶悪な顔が浮かび上がった。

「儀助です」

宗之進が緊張した声で言った。

儀助は辺りを窺った後、後ろの男たちに顎をしゃくると、戸を開けて中に入った。

まもなく、裏庭の方で白い煙があがった。明らかに何かを燃やしている煙だった。

「よし、いくぞ」

十四郎の合図で三人と一匹は、二手に分かれて、急襲した。

十四郎とごん太は裏庭に回り、藤七と宗之進は玄関を蹴破って中に入った。

裏庭の真ん中で薄い四角い板切れを燃やしていた男が、ぎょっとして立ち上がった。鷲鼻の浅黒い肌の男だった。大松屋仁兵衛である。

大松屋は、手に数枚の板の札を握り、炎に顔を染めて十四郎をぎらりと睨んだ。

燃やしているのは大松屋の手にある物と同じ板で、それには墨で字が書いてあり、どうやら隠富の札のようだった。

儀助たちが玄関から入った藤七と宗之進に身構えているのを横目で見遣りながら、十四郎は大松屋に言った。

「大松屋、証拠の品を燃やしているのか」

「何、お前は誰だ」

「誰でもいい。お前は、あそこにいる儀助を使って戸田藩邸で隠富をやり、上げた収益を横取りするために、座頭を装い、金を国元に運んでいた戸田藩の藩士に近付いて殺害し宿に火を放った。いや、そればかりか、大和屋の女中おあさまで殺した。そうだな」

「冗談じゃありませんよ。私が座頭だって、ばかばかしい」

大松屋はせせら笑った。

「ほう、座頭ではないと申すか。しかしこの犬は、お前の声を聞いて、ほら、こんなに喜んでいるではないか」

先ほどから嬉しそうに尻尾を振っているごん太を顎で指した。

「ふん。知りませんよ、そんな犬は」

「そうかな。お前が白をきってもこの犬は覚えているぞ。ごん太、そうだな」

「わんわんわんわん」

十四郎が綱を放すと、ごん太は、大松屋の胸に飛び付いた。

「何をする。死にぞこないめ」

大松屋は、咄嗟に握っていた木の札をごん太に投げつけた。

だがその時、大松屋の胸元から紙包みが落ちた。同時に包んでいた中身が散乱し、十四郎の足もとまで飛び散った。

炒り豆だった。

ごん太は、その炒り豆に飛び付いた。パリパリと香ばしい音を立てて、炒り豆を噛みながら、ごん太は大松屋を仰ぎ見る。

「哀れな……。ごん太は、飼い主が教えた好物をこうしていまだに忘れていない……飼い主が一度ならず二度までも自分を殺そうとしたことなど、知る由《よし》もないのだ。それにしても大松屋、いや座頭の徳安、お前も炒り豆が好きだったとは何よりの証拠となった。もう逃げられぬぞ」

十四郎はずいと出た。

「野郎め」

大松屋は、いきなり匕首を抜いて飛び掛かってきた。

刹那、その腕を摑んだ十四郎は、大松屋の袖をめくり上げた。

すると、二の腕から肩に掛け、口を開けた蛇の彫りものが、くっきりと照らし出された。

「ふむ間違いない」

十四郎は、大松屋を突き飛ばし、宗之進に振り向いた。

「宗之進殿」

「はい」

宗之進が庭に飛び下りて、大松屋の前に立った。

「父の敵、おあさの敵」

「ふん。ばれちまったんじゃあ、しょうがねえ」

体を起こした大松屋は、手についた泥を払うと、冷たい笑いを宗之進に向けた。

「その通りよ、俺が座頭の徳安だ。儀助を使って戸田藩邸で隠富をやらせ、その上がりを頂いたのはこの俺だ。間抜けな戸田藩の旦那たちは、いとも簡単に眠り薬の入った酒を飲みやがったぜ。おかげで俺は、円蔵をひき入れて俺の身代わりとして殺し、宿に火を放ったという訳だ。おい、これで納得したかい」

唐物屋大松屋が、一転して凶暴な男に変わった瞬間だった。大松屋は肩を揺すって笑っていたが、

「儀助」

絶叫するように怒鳴った。

一斉に匕首を抜き放った男たちが、次々に庭に飛んできた。

「邪魔をするでない。命が惜しかったら、引け」

十四郎は、儀助たちの前に立ち、

「藤七、昔の飼い主が殺《や》られるのをごん太に見せるのは忍びない。向こうへ……」

と言った。

「はい」

藤七がごん太を連れて庭から走り去った時、大松屋が宗之進に体当たりするのが見えた。

二人は交わって離れ、また交わった。

再び、大松屋が背を丸めた時、ふいに宗之進が肩を押さえて動きを止めた。

――しまった。

宗之進は先日、肩を斬られたばかりだった。だがその時、ごん太が藤七の手を振り切って猛然と走ってきた。

「あっ」

ごん太が大松屋に歯を剝いて飛びかかった。

均衡を失った大松屋に、宗之進が走り寄り、満身の力で斬りさげた。

大松屋は、富札の炎の中に重い音を立てて落ち、灰神楽《はいかぐら》がふき上がった。

「塙殿……」

宗之進が片膝ついて、頭を下げた。

「うむ」

十四郎は頷いて、きらっと儀助たちに目を戻した。

「に、逃げろ」

儀助たちは、表に走った。だがすぐに、金五と松波たちに押し返されて戻ってきた。

「もう逃げられぬぞ」

松波は言い、捕り方たちに合図を送った。

「ごん太を大和屋さんで？」

お登勢は、玄関に立った大和屋の女房お兼の顔を仰ぎ見た。お兼は左の腕に菓子箱を抱えていた。

「はい。塙様から、おあさの敵をとれたのは、ごん太ちゃんの働きがあったからだとお聞きしました。これも何かの御縁かと存じましてね。だって、芸人の寅次さんが亡くなって、こちらもごん太ちゃん、飼うのはたいへんでしょうし。ですから、私どもでぜひ……そのように存じまして」

お登勢は、後ろに立った十四郎を振り返った。困った顔をして苦笑すると、お兼に顔を戻して、

「申し訳ございません。ごん太は手前どもの飼い犬にすることに致しましたので」

するとそこへ、

「ごめん」

宗之進が現れた。お家の再興が叶ったとみえ、真新しい羽織袴を着けていた。

「まあ、お家再興が叶ったのでございますね」

お登勢が眼を瞠る。

すると、宗之進は礼を述べたあと、改まって言った。

「お登勢殿、おりいって頼みがござる」

「まあ、なんでしょう」

「ごん太を譲っていただきたい」

「あら、宗之進様まで……」

「私がこうして主家に戻れたのも、ごん太のお陰です。それに、ごん太が私の傍にいれば、おあささんもあの世で安心するのではないかと……」

「宗之進様……あなた様のその言葉をお聞きして、おあさちゃんも、きっとあの世で喜んでいると存じますよ。でも、今もお兼さんにお断りしたばかりですが、ごん太はこちらで飼うことに致しました」

お登勢は困った顔をして、十四郎にちらりと視線を送ってくる。

「お兼、宗之進殿もこちらへ……」

十四郎は三和土《たたき》におりて草履をつっかけると、二人を裏庭に案内した。

すると、庭の陽だまりの中に、ごん太と戯れる万吉の姿が目に飛び込んできた。

「ごん太、歩いてみろ。駄目だよ、後ろ足だけで歩くんだ。そうだ、うまいぞ、ごん太」

一歩二歩とごん太が歩くと、

「ようし、ごん太、賢いぞ。いいか、おいらの言う通りにすれば、もっと上手になれるんだぞ」

万吉は、甘えて鼻を鳴らすごん太の頭を撫で、背中を撫でる。

「ごらんの通りですよ。万吉は孤児《みなしご》なんです。あの子から、ごん太を取り上げることは、とても私にはできません」

そっと近付いてきたお登勢が、しみじみと言った。

# 第二話　釣忍《つりしのぶ》

一

薬研堀《やげんぼり》に架かる元柳橋《もとやなぎばし》の北側東角に、夫婦《めおと》柳と呼ばれて親しまれている柳がある。

根元から幹が二つに割れて立ち上がり、毎年豊かに緑の葉を付けてはいるが、その木肌にはびっしりと苔《こけ》がしがみついていて、かなりの年代物である。

その柳の木が見渡せる向かい側に、縄暖簾『えびす』があった。

お蓮《れん》はその店で働く酌婦だと聞いていた。

十四郎が、えびすに入った時には、店の中は職人ふうの男たちで賑わっていて、お蓮と思しき女は襷を掛け、赤い前垂れ姿で客の間を飛び回っていた。

客の中にはもうすっかり出来上がっている者もいて、肌を広げ、片足をだらしなく腰掛けに上げている者もいた。

あちらこちらから、突然大声が聞こえたり、呂律《ろれつ》のまわらない声でくだをまいている男もいた。

「旦那、肴《さかな》は何に致しやしょう」

頬骨の張った痩せた親父が、酒と突き出しの酢の物を持ってきて、後ろを振り返って顎をしゃくった。

親父が指した帳場の前の長い棚には、どんぶり鉢が並んでいた。その鉢には、芋の煮っ転がしとか、鰹《かつお》の甘辛煮、野菜のお浸し、油揚《あぶらげ》つけ焼きなどと、それぞれ品書《しながき》が張ってある。

「豆腐もありやす。自家製でございやすよ」

親父が得意げに言った。親父の目は窪んでいて、一見険しい風貌を呈しているが、見詰めてきた目の色には妙に人なつっこさが漂っていた。

「じゃあ、それを貰おう」

「ひややっこですかい、それとも八はいになさいますかい」

「八はいにしてくれ」

「へい」

親父はそれで帳場に下がった。八はい豆腐というのは、絹ごし豆腐を杓子《しやくし》で半球形に掬《すく》い取ったものに、水六杯、酒一杯、醬油一杯の割合で煮立てただし汁と、大根おろしを掛けてさっぱりと頂く豆腐料理のひとつであった。

——まずは腹ごしらえだ。

十四郎の家はすぐそこの米沢町だが、今夜はここで夜食を摂ろうと決めていた。店の隅に座って盃を傾けたその時だった。店の中ほどが俄かに色めき立つのに気が付いた。

顔を上げると、お蓮という女が、壁際にある座敷に上がって、着物の裾をひょいと帯に挟んだのである。赤い二布《ふたの》をおしげもなくひらひら出して、手には団扇《うちわ》を持って立っていた。

やんやの喝采《かっさい》である。

「はあ〜、ここはお江戸の隅田川、茶店の女は真白に装う富士額《ふじびたい》、きっぷはよいが柳腰、人情熱い江戸女〜」

お蓮が歌いながら踊ると、一節終わるごとに、みな茶碗や銚子を箸で叩いて、ちゃかちゃかちゃかちゃかちゃか、と合いの手を入れる。

するとまたお蓮が、団扇を妖しくひらひらさせて、

「春の宵、夏の夕暮れ、茶店の軒の灯は、数千歩に映じ、闇無き国の心地する〜」

と、どこかで聞いたような文言を並べて、男たちに流し目を送るのである。

――ふむ。たいした元気のある女子《おなご》だ。

十四郎は、男たちの視線を誘うように踊るお蓮という女を見て、そう思った。

目の先で踊る女が、明日死んでもいいんだなどと、そんな事を口走る女だとは、とても信じられんではないか。

お蓮が儚げな事を口走るのは、それはひとえに、人の目を惹《ひ》きたいための、手練《れん》手《て》管《くだ》ではないか……十四郎はそんな事を考え始めていたのである。

実は今日の昼過ぎだった。

万吉の使いを受けて橘屋に赴くと、藤七がすぐに離れの茶室に案内した。

「ごめん」

十四郎が茶道口《さどうぐち》の前に蹲《うずくま》り、戸を開けると、お登勢が風炉《ふうろ》の前で茶を点《た》てていて、客座では着流しに紗《しゃ》の黒羽織を着た御家人隠居姿の楽翁《らくおう》が茶を喫しているところだった。

「これは、お久しぶりでございます」

敷居際で十四郎は畏《かしこ》まった。

「十四郎、ちこう」

楽翁が笑って手招きをした。

十四郎は両手を使って、前に出た。

すると楽翁は、十四郎の膝前に、つづれ織りの三つ折の財布を置いたのである。

財布の蓋になっている燕口のところに丸に橘という小さな文字が入っていて、橘屋が客に記念に出した財布だという事はすぐにわかった。

「これが何か……」

怪訝な顔で見上げた十四郎に、楽翁は、

「お登勢から貰って重宝《ちようほう》していたわしの財布だ。先だって薬研堀の盆栽市で失ったものだが、橘屋の屋号が入っていたお陰で手元に戻った」

と、まるで子供が、なくしていた玩具を見つけたような喜色を浮かべた。

「財布の中には、やっと手に入れた夕顔《ゆうがお》の種が入っていたのだ」

「夕顔の種でございますか」

「うむ。新種でな。名は『源氏《げんじ》』というのだが、和名ではシャガ、漢名では胡《こ》蝶花《ちょうか》などと呼ばれる花のつくりと実によく似た花を咲かせる夕顔なのだ。欲しい欲しいと思っていたところ、知人が分けてやるというので薬研堀まで出かけていっての帰りだった。ついでに立ち寄った店の盆栽に気をとられているうちに落としてしまって、諦めていたものだ」

財布の中には一朱《しゅ》金、小粒銀など合わせても一両余りしか入ってはいなかった。金は諦められても、夕顔の種には未練があった。

ところが先日、夕顔の種も金も、そっくり戻ってきたのである。

夕顔の種が戻ったという喜びもさることながら、楽翁は、拾った財布をそのまま番屋に届けるような人間がこの江戸にまだいるという事に、胸を熱くしたのである。

楽翁は、橘屋の離れに隠居住まいをしている者だと偽って、早速財布を受け取りに行き、財布を拾って届けた者がすぐ近くに住むお蓮という女だと知って、その足で飲み屋『えびす』を訪ねたのであった。

そしてお蓮に、財布に入っていた一両を、お礼だといって差し出したところ、お蓮は、

「あたしはね、旦那。あんたみたいなご隠居さんからお礼なんて頂けないよ。そ

の一両だって、大切なへそくりだろう。年寄りは金がなくっちゃあ寂しいもんだ。しまっておきなよ。あたしはね、気持ちだけで十分だからさ」

と言う。

「しかし、それではわしの気がすまぬ」

楽翁は困惑した。

するとお蓮は、旦那がどうしてもっていうんなら、鬼燈《ほおずき》市に行って、そこで鬼燈を一鉢買ってくれるかい、と言ったのである。

「あたしね。幼い頃に鬼燈を欲しくって、母親にねだったことがあるんだけどさ、貧乏で買えなくって悔しい思いをしたことがあるんだ。旦那に買ってもらったら、その鬼燈の思い出も、楽しいものに変わるかもしれない」

お蓮はしおらしい事を言った。それがまた楽翁の胸を打った。

「よし。行こう」

楽翁はお蓮と一緒に、浅草まで足を延ばし、観音様に参って、市に出ていた鬼燈の一番見事な鉢を買った。

「お蓮、観音様にお参りして鬼燈を買えば、四万六千日《しまんろくせんにち》の功徳《くどく》があるというぞ」

楽翁は鉢を抱えて嬉しそうにためつすがめつしているお蓮に言った。

「いらないよ、四万六千日の功徳なんて……あたしは、たった一つ願いが叶うなら、明日にだって死んでもいいって思っている人間なのさ」

などとけろりとして言い、肩を竦《すく》めて笑ってみせる。

「明日死んでもいいだなどと、馬鹿な事を申すでない」

楽翁は叱りつけた。

それでお蓮とは別れたが、投げやりな態度に見えたお蓮の言葉が、ずっと胸に残っていた。

お蓮が命を捨ててもいいと言った願いとは何か、後になって、聞いてやれば良かったという後悔があった。

「そこでじゃ、十四郎。お前が一度えびすを覗いて、お蓮という女の願いを聞いてやってくれぬものかと、まあ、そういう事だが……」

暇な時でいい、気が向いたらでいいのだと、楽翁は柄《がら》にもない言い方をしたのであった。

それが、十四郎がえびすの暖簾をくぐった理由だった。

「旦那、起きて下さいな。旦那」

甘ったるい女の声が耳元で囁いた。

びっくりして飛び起きると、お蓮がそこに座っていた。

――ここはどこだ。

見回してみると、薄汚れた自分の長屋に違いなかった。

「何をきょろきょろしてるんですか。早くお顔、洗ってきて下さいな。朝御飯できてますから」

お蓮は女房のような口をきいた。

「お蓮、お前が朝飯をつくったのか」

「当たり前でしょ、ほら」

と並べてある膳の朝飯を指す。

「いつここに来た」

「何言ってんですか。昨夜、へべれけになってしまって、それで旦那が『お蓮、肩を貸せ』なんて言ったじゃないですか。だからあたしが、ここに運んできたんじゃないの」

十四郎は目を剝《む》いた。俄かには信じがたい話である。今までも何度もへべれけになるまで飲んだくれた事はあるが、店の女に肩を貸せなどと言った覚えは一度もなかった。

もっとも、覚えがないだけで、酔っ払ってしまえば、どんな暴言を吐いているか、分かったものじゃない。嘘だと反論したいところだが、正体不明だったのだから、否定しようもないのであった。

「いや、それはすまなかった」

十四郎は頭を掻いて謝った。

「いいんですよ。あたしも殿方と久しぶりにおんなじ屋根の下で休んだんですもの」

お蓮は思わせぶりに、ふふっと笑った。

「何、つまりあの、俺とお前は」

「だったら良かったんだけどさ、何度揺り動かしても夢の中、馬鹿みたい」

お蓮はけらけらと面白そうに笑ってみせた。

十四郎はきつねにつままれたような顔をして、顔を洗ってきて、お蓮が用意をしてくれていた膳の前に座った。

温かい飯としじみの味噌汁、それに目刺《めざ》しと香の物まで載っていた。

「ほう。お前もなかなかやるじゃないか」

十四郎はお蓮の腕前を褒めながら、その実、飯の仕度をする時に、長屋の女たちに見つかったのではないかという恐怖に襲われていた。

特に斜め向かいの鋳掛《いかけ》屋の女房おとくに見つかったら、後で何を言われるかわかったものじゃない。

しかしお蓮は、そんな事には頓着《とんちゃく》がないのか、十四郎と差し向かいに座り、はしゃいだ声で、頂きますと手を合わせた。

——不覚だった。

箸を使いながら、ちらりとお蓮の顔を見た。すると、ちょうどこちらを見たお蓮と目が合い、お蓮は、にこっと笑うと、

「あたしね。一度、こうして差し向かいで旦那のようなお人と、ご飯を食べてみたかったんだ」

と、初々《ういうい》しげな仕草をしてみせる。

「うむ」

「ねえ、旦那も知ってると思うけど、うちの店の前に夫婦柳があるだろ。あれ見て、ああいいなあ、柳だって夫婦でいるのに、このあたしはって、眺めてたんだもの」

「お蓮は所帯を持った事はないのか」

十四郎は、香の物の大根をこりこり噛みながらお蓮を見た。

お蓮は、くすっとまた笑うと、

「こんなあたしでも嫁にしたいっていう男は何人もいたんですよ、ほんと……いたけどさ、あたしは長生きできそうにもないし、そんなあたしが所帯を持って子供でも生んでごらんよ。後に遺された子供は母なし子になるじゃないか。母なし子、親なし子は、あたしたち姉弟だけで十分だって、そう思うと、とても所帯を持つなんて」

「ちょっと待て。なぜお前は早く死ぬと決まっているのだ」

「予感だね。あたしの末路は決まっているもの」

お蓮は投げやりに言い、ふっと悲しそうな顔をしてみせた。

「お蓮、何があるのか知らないが、胸にあるものを話してみろ。相談相手になれるかどうか分からんが、人に話せば気が楽になるということもある」

十四郎は箸を置いた。

「旦那。あたしはね、ご覧の通りの飲み屋の酌婦で、馬鹿ばっかりやってお客を喜ばせているけどさ。あたし、自分の幸せなんて考えたこともないんですよ。いつも弟のことが気にかかる、頭から離れないんですよあたし。せめて、弟には幸せになって貰いたい。弟が幸せだったら、あたしも幸せなんだって。他にはなんにもいらないんだもの、あたし……」

お蓮は思い詰めた眼を向けると、弟は平吉《へいきち》といい、今年で二十三歳になる櫛職人だと言い、髪に挿していた黄楊《つげ》の櫛を抜き取って、十四郎に見せた。

「これね。あの子が初めて作った櫛なんだよ」

「ほう、なかなか見事な仕上がりではないか」

櫛は、装飾も塗りも施していない、艶出ししただけの櫛だったが、背に丸みのある品のいい仕上がりに見えた。

平吉は、六間堀町《ろつけんぼりちよう》にある櫛師文治《ぶんじ》のもとで修業を終えて、昨年一本立ちして、日本橋にある小間物問屋『松葉屋《まつば》』の展示会に出品し、櫛部門では一番の評判をとり、新進の堂々とした櫛師となったというのである。

「何が心配なんだ。立派なものじゃないか」

「ところがですよ。近頃弟に悪い虫がついちまってさ、女なんですけどね。こんな大事な時に、弟はあの女に駄目にされるんじゃないかって、そう思うとあたし、夜も眠れなくってさ」

太い溜め息をついた。

「しかし、そういう事は、つまり男と女の事はだな。そっとしておいたほうがいいんじゃないのか。なんでお前がしゃしゃり出るのだ」

「旦那、あたしだって野暮《やぼ》なことは言いたくないですよ、弟には所帯を持ってもらいたいもの。でもね、あの女は駄目。大嘘つきだもの、弟はたぶらかされているんですよ」

「証拠はあるのか」

「ありますよ。あたし、ちゃあんと確かめてあるんですから」

お蓮は憎々しげに言った後、旦那は駆け込み寺の寺宿橋屋さんのお人と聞いた、だったら弟平吉とその女を別れさせては貰えないかと言いだした。

「その女はね、おみわっていうんです。本人は日本橋にある紙屋『佐賀屋《さが》』の娘だと言ってるらしいんですが、それはあたしが確かめて、嘘っぱちだって分かったんだ。佐賀屋さんが、そんな娘はうちにはいませんって、はっきり言ったんだから」

お蓮は、おみわの話になると、急に厳しい物言いをした。

「お蓮、無茶を言うな。好き合っている者を無理やり別れさせるなんて、姉のお前さんでもやりすぎだぞ」

「旦那、旦那は他人事《ひとごと》のように言ってくれますけど、姉弟だから心配してるんじゃないですか」

「それにしてもだ、橘屋はそんな頼みごとは聞いてはおらぬ」

「じゃあお願い。弟に、目を覚ませって、今が一番大切な時なんだぞって、それだったらいいでしょ」

「姉さんのお前さんが言えばいいじゃないか」

お蓮は黙った。二、三度息をついて後、ぽつりと言った。

「あたし、あの子に嫌われてるから……自分で言えたら、こんなこと、人さまに頼みませんよ」

さもありなん。こんな勢いで、勝手な思いを一方的に押しつけられたら、弟も息が詰まるだろうて……と頷いてお蓮を見ると、お蓮は寂しげな笑みを十四郎に返してきた。

二

お蓮の弟平吉は、親方の住む町とは反対側の、六間堀を挟んだ東側にある南六間堀町の裏店に住んでいた。

十四郎が訪ねた時には、平吉は表の三畳ほどの板の間で鼈甲《べっこう》に櫛挽《び》きをしているところだった。

後ろの棚には、毛氈《もうせん》の上に仕上がった蒔絵《まきえ》の櫛や、切金《きりかね》細工の櫛など豪華な櫛が並べてあり、手元の棚には鋸《のこぎり》や鑿《のみ》や十四郎が見ても分からない様々な道具が並んでいた。

「黄楊《つげ》のお六《ろく》櫛のようなものは作ってないのか」

十四郎が、上がり框《かまち》に腰を下ろして尋ねると、

「へい。申し訳ありません。ごらんの通りの櫛ばかりでして」

と言う。

「ずいぶん美しい櫛ばかりだが、いったい幾らするのだ」

「そうですね。安い物で一両、物によっては三両以上もする物もございやす」

「三両……櫛が三両か」

「お客様はどういった物をお求めでございますか」

律義な目を向けてきた。

「いや、実は、櫛を欲しくて参ったのではない」

お蓮に頼まれて参った塙という者だと名乗ると、

「姉さんが……」

平吉の顔が強張った。

十四郎が手短に、お蓮の気持ちを伝えると、

「塙様、せっかくおいでいただいて申し訳ございやせんが、私は姉の、ああいった性格には、とてももうついてはいけません。幼い頃から私のことを気に掛けてくれまして、それはそれで有り難いと思っているのですが、おみわさんの件では、人が変わったようになっちまいまして弱っておりやした。近頃では姉の態度がおぞましいとさえ、思うようになっております」

「うむ。じゃあ一つ確かめるが、お前はおみわさんとかいう娘さんが、佐賀屋の娘ではない、という事は知っているのか」

「おみわさんが佐賀屋の娘ではない？」

「お蓮は調べたようだぞ。佐賀屋ではそんな娘はいないと言ったそうだ」

平吉は絶句して十四郎を見上げていたが、

「いずれに致しましても、おみわさんは私とは不釣合なお家の娘さんだという事は分かっておりやす。姉が心配しているようなそんな事には、こちらが望んでもなりっこありやせん。姉にはどうぞ、そのように伝えて下さいまし。それと、平吉ももう子供じゃないんだと、干渉するのは止めて欲しいと、そう言ったとお伝え下さい」

平吉は丁寧な物言いをした。感情が先にたつお蓮に比べて、なにもかも押し殺して冷静に振る舞おうとする態度は、厳しい修業の賜物《たまもの》か、それだけに、平吉の言葉には頑《がん》としたものが窺えた。


「お待ち下さいませ」

平吉の長屋を出た途端、十四郎は後ろから声を掛けられた。

振り返ると、中年の女と、若い娘が立っていた。

声を掛けてきたのは中年の女のようだが、娘のほうは京鹿《きようか》の子《こ》の着物を着て二十歳前後かと思われた。透き通るような白い肌に大きな黒い瞳が印象的な、いかにも良家の子女といった娘であった。

そうして二人を見比べてみると、中年の女は娘のお供だと察しがついた。

十四郎が、改めて中年の女に顔を向けると、

「突然に失礼だとは存じましたが、偶然戸口でお話をお聞き致しました。お蓮さんというお人はまったく、どういう人でございましょうか。ああまで言われて、こちらも黙っている訳にはまいりませんので、お声を掛けさせていただきました」

女はきっと睨んで言った。

「ほう、するとそこもとは」

「はい。こちらがおみわお嬢様。私が乳母のお勝《かつ》と申します」

「ふむ」

「お嬢様が、なぜ、佐賀屋さんの娘だなどと嘘をついたのか、それはひとえに、平吉さんとの事を大切に思っているからでございますよ」

お勝は一気にそこまでしゃべると、傍で俯いているおみわの顔をちらと見遣って、お蓮さんはともかく、あなた様だけには本当の事を申し上げます、と言ったのである。

「本当の事……」

「はい。実は、こちらのお嬢様は、佐賀屋さんどころか、日本橋にある『越前《えちぜん》屋』の一人娘でございます」

「何、越前屋……呉服卸のあの大店《おおだな》の……」

「はい。その越前屋でございます」

とお勝は言い、話を継いだ。

三か月前の事である。

おみわは、お勝と一緒に日本橋の小間物屋で、平吉の作った櫛を買った。

櫛は草花の蒔絵を施した可憐《かれん》な物で、いったいこのような見事な櫛をどんな人が作ったのかと、おみわは大いに関心を持った。

そこでお勝が小間物屋の主に尋ねたところ、独立したばかりの櫛師で平吉という、将来を期待された男だと教えてくれた。

やがておみわは、櫛を見るたびに平吉への思いを募らせるようになり、ある日お勝に、平吉に会ってみたいと相談を持ち掛けた。

お勝は悩んだすえに、結局おみわの気持ちを汲んで、平吉の家を調べ、おみわと一緒に訪ねて行ったのである。

「その時、お嬢様は佐賀屋の娘だって嘘をついてしまったのです」

「ほう……しかしなぜ、そんな嘘をつく必要があったんだ。平吉にとっては、佐賀屋であろうと越前屋であろうと、身分違いと感じるのは同じではないか」

十四郎が首を傾げたその時である。今まで黙って聞いていたおみわが、

「だって……」

と、歩み寄った。

「だって、私のおとっつぁんは、ご近所でも厳しい怖い人間だって評判ですもの。このお勝だって、どれほどひどい事を言われたかしれません。お勝でさえ、そうですもの。おとっつぁんの厳しさに耐えきれなくて、辞めていった奉公人はたくさんいます。おとっつぁんは嫌われているんです。そんな人の娘だなんて話したら、嫌われてしまうんじゃないかって、そう思ったのです」

なるほどそういう事だったのか、小娘らしい考えだと、十四郎は苦笑した。

「そういう訳でございますから、どうぞご安心下さいませ。こちらの方こそ、嫁入り前のお嬢様になにかあってはと、ひやひやしているのでございますから」

「お勝」

おみわが諌《いさ》めた。

しかし、お勝の口は止まらなかった。

「いらぬ疑いを掛けられては、こちらが迷惑というものです」

お勝は襟《えり》にさりげなく手をやって、胸を張ってみせた。

「承知した。だがな、おみわさん。平吉は、そんな事で、人を嫌ったり好きになったりする男ではないと俺は見たぞ」

「はい……」

おみわは、ぽっと頰を赤くして俯いた。

大店の娘と櫛師では、世間の言う身分の違いが歴然として、先行き二人の気持ちが結ばれるのは、まず難しいのではないか。

だが現状を見る限り、平吉はそういった事情も心得ておみわに接しているようで、案ずるほどのことは何もないのではないか、十四郎は正直、そう思った。

三

広徳寺《こうとくじ》の本堂から墓地までは、なだらかな坂になっているが、道の両側は、杉や檜《ひのき》に混じって櫟《くぬぎ》や樫《かし》の木、それに紅葉の深緑に覆われている。

林の中は盆の市の立つこの頃でもひんやりとして、下草の茂る林の中から、ほんのりと湿った枯れ草の匂いが漂って来る。

十四郎は水桶と花を持って、その間道を墓地に向かって歩いて行った。

おみわが越前屋の一人娘だったとお蓮に告げてから、すでに十日程たっている。

ハトが豆でっぽうを食らったような顔をして絶句したお蓮を思い出して、

――とりこし苦労だ。

と思いながら、十四郎はなだらかな坂を上り切ったところで、茂みの中に白い小花をつけた忍冬《すいかずら》を見つけて立ち止まった。

仄《ほの》かに甘い香りが漂って来る。懐かしい香りだった。

この道は、父が他界してからしばらく母と通った道だが、この辺りで母は忍冬を見つけると、

「可愛い……」

などといい、必ずここで立ち止まって眺めていた。

それを思い出したのである。

その母も亡くなってからは、十四郎が一人で墓参りをしているが、日常の生活から離れてここまで来ると、自然と昔が偲ばれる。

十四郎は男所帯の一人住まいである。盆といっても、家の中に精霊棚《しょうりょうだな》を造り、

菩提寺《ぼだいじ》の僧を招いてお経を読んで貰うといったことはしない。

毎年、墓参りをする事で、盆の供養はすませていた。

だがこれが、町場の家々となると、お盆といえばたいへんな忙しさで、橋屋でもお登勢が、やれ精霊棚がどうの、お供え物がどうのと、準備に余念がなかったが、

「十四郎様のお家はどうされますか」

と聞いてきた。

「いや、俺は墓参りをするだけだ」

そういうと、お登勢は早速お民に花を買いにいかせて、仏前に供える花と、墓参りに持参する花を揃えてくれたのである。

橘屋のような寺宿は、盆のうちはその行事で明け暮れる。その忙しさの中で、十四郎の父母にまで心を掛けてくれるお登勢の気持ちが嬉しかった。

今年も一人での墓参りだったが、なぜか心は満たされていた。それが、お登勢が持たせてくれた花にあることは、間違いなかった。

十四郎は父母の墓前に近況を胸の中で語りながら、墓地の草を取り、花を供え、線香をあげ、庫裏に立ち寄って和尚に挨拶をして、寺を辞した。

ぶらぶらと隅田川べりを目指して歩き、駒形町《こまがたちょう》に出たところで、

「十四郎様。ちょうどお会いできて、よろしゅうございました」

ばったり藤七に会った。

「何かあったのか」

咄嗟に十四郎は聞いた。急ぎ足でやってきた藤七の顔が、険しかったからである。

「困ったことになりました。平吉さんと、おみわさんという娘さんが、心中したのでございますよ」

「何、どこでだ」

「今戸《いまど》の岸です」

先ほどまでの満ち足りた感傷は吹っ飛んで、十四郎は藤七と隅田川べりを北に向かって疾走した。

頭の中では目まぐるしく、平吉とおみわの顔が浮かんでくる。

おみわを良家の子女と薄々感づいていた平吉は、初手からかなわぬ間柄と覚悟していたようだった。

一方のおみわは、無邪気に平吉への恋心を募らせていたようだったが、果たし

て二人が死出の旅につく状況だったかといえば、否である。十四郎の目には、二人はさわやかな関係に映っていた。

――なぜ心中をした。

平吉は櫛師として、やっと先行きが見えてきたところである。自分がこれからどうすべきか、平吉はちゃんと心得ていた筈である。おみわとの事で暴走するような性格ではけっしてないと、十四郎は見ていたのである。

――あれから、何があった。

十四郎は、半信半疑で、今戸に走った。

「平吉……」

十四郎は青白い顔で眠っている平吉を、牢格子の外からしばらく眺めていたが、大番屋の役人に促され、詰所に戻って畳の上に座した。

ちょうど番人が燭台《しょくだい》に灯《とも》を点していて、部屋が明るくなると、書役や町役人たちは、いっせいに夜食の弁当を広げ始めた。

「何かお取りしますか」

茶を運んできた番人が、気遣って十四郎に聞いた。

「いや、柳庵がくるまでに外で食事をして参る」

「そうですか。この大番屋を出まして左の角を曲がりますと、安くて美味しいものを食べさせる店があります。蕎麦などもおいてあるようです」

「そうか。ではそこに参ろう。もしも平吉が目を覚ましたら、呼びにきてくれぬか」

「承知しました」

十四郎は町役人たちに目礼して、材木町の大番屋を出た。

別に腹は空いてはいなかった。だが、大番屋の中に十四郎がいれば、皆が弁当をつかいにくいだろうと思ったからだ。

十四郎は番人から聞いた通り、角を曲がって『飯や』の看板がかかっている店に入った。

蕎麦を頼んで、合点《がてん》のいかぬ心中事件に思いを馳せた。

十四郎と藤七が、今戸橋に走ったのは八ツ（午後二時）過ぎだった。

今戸橋《いまど》は山谷堀《さんやぼり》が隅田川と交わる場所に架けられている橋で、一帯は船宿や茶店や出合茶屋《であい》が軒を連ね、堀には山谷舟が多数舫《もや》われている。

二人が見つかったのは、そこから少し離れた山谷堀河口の南に菜畑が広がる隅田川べりの護岸のために杭が無数に打ってある、人けのない場所だった。

野菜の手入れに来た近在の百姓の男が、二人が杭にひっかかって漂っているのを見つけたらしいが、身元が知れるまでには多少の時間がかかったようだ。

平吉とおみわは、赤いしごきで互いの腕を縛りあっていた事から、北町の同心は、すぐに心中だと断定した。

しかしその時、おみわは既に死んでいたが、平吉は虫の息で、まだ生きていたのである。

十四郎たちが到着した時には、平吉は今戸の自身番に寝かされていた。

おみわは、越前屋が引き取って帰った後だと聞いた。

おそらく越前屋は多額の金を積み、娘の心中については内済《ないさい》にしてくれるよう、町奉行所と取引したに違いなかった。

通常、心中は『御定書百箇条《おさだめがき》』にも、相対死《あいたいじに》（心中）した者は、その遺骸を裸にして晒し場に放置し、埋葬は許さない死骸取り捨てをうたっている。

ただ、一方が生き残れば、その者は『下手人《げしにん》』とするとあり、小伝馬町の牢屋敷内の刑場で斬首《ざんしゅ》されることになる。

御定法からいえば、平吉は命が助かったところで、待っているのは死刑であった。

十四郎たちの後から駆け付けたお蓮は、それを聞いて絶叫した。

「お願いでございます。弟が心中したのは、すべて、姉の私のせいでございます。ですからどうぞ、弟に罪科《つみとが》がかせられるというのなら、この私を罪にして下さいませ」

お蓮は、半狂乱になって、役人に取り縋《すが》った。

「控えよ。お裁きがどうのこうのと僭越《せんえつ》な。平吉は罪人だぞ。会わせてやっただけでも、有り難いと思え」

役人は、お蓮の手を冷たく払った。

「何言ってんですか、この人は。十四郎様、そうだろ。あたしのせいだって言ってやって下さいな。後生《ごしょう》だから……心中したのは、あたしのせいだって……」

お蓮の声音は、怒りから懇願に変わっていった。

「お蓮、落ち着け」

「だって、この平吉は、あたしの命だったんですよ、十四郎様……」

「気持ちは分かるが、落ち着くんだ」

「平吉、姉さんが助けてやるよ。安心しな……きっと助けてやるから、平吉……」

お蓮は、にじりよって平吉の手をとると、その手を自分の両手にしっかりと包み込んだ。

「お蓮……」

「旦那。助かるよね、平吉……」

「ああ、助かるとも。きっとな」

「助からなきゃ、ねえ平吉……救われないものあたしたち……今までずっとずっと頑張ってきたんじゃないか。そうだろ、平吉」

お蓮の胸には、他人の窺い知れない、姉弟二人だけの過ぎ来し方への想いが溢れ返っているようだった。

眠っている平吉に昔を語って聞かせることで、あるいは傍にいる十四郎や藤七や役人たちに自分たちのことを語って聞かせることで、いや、自分に言い聞かせることで、この場の不安を取り払おうとしているかに見えた。

お蓮と平吉は、父親の顔は知らずに育っている。

お蓮が物心ついた時には、病弱な母親と三人暮らしだったのである。

店賃が払えず、長屋も転々として、母は、自分の体の調子が良い時には、長屋に、どこからか男を引っ張ってきて、いっときの間、男に体を提供し、三人の飯の種を稼いでいた。

「いいかい。おっかさんが呼びに行くまで、帰ってきちゃ駄目だよ」

男を引っ張り込んだ時には、いつも母親はそう言って、お蓮の背中に平吉を括《くく》り付けて、外に放り出すのであった。

たびたび住まいも移転しているから、お蓮には遊んでくれる友だちがいる訳でもない。お蓮は平吉をおんぶして、町内を何度も回っていたのである。

子供心にもなんとなく、母親はいけない事をしているんじゃないかと気づいていたが、それだって、母親が男を引っ張り込んできた時には、腹一杯御飯が食べられる。腹を満たしたいという欲求がまず先にあり、母親の行いを問う事は一度もなかった。

ただ、背中で腹を空《す》かして泣く弟を、自分も泣きたい気持ちであやしながら、お蓮は貧乏は嫌だとつくづく思った。

自分は大人になったら、こんな暮らしはしないぞと、固く心に誓っていた。

母親の行状《ぎょうじょう》を責める気持ちにならなかったのは、そういった惨澹《さんたん》たる日常の中にいたからだと、これは大人になってからようやく分かった。むしろ、病弱の体を男に提供し、自分たち二人を育ててくれた、母への感謝の方が強かった。

細々とでも身を寄せ合って暮らす幸せは、貧乏なら貧乏なりにあったのかもしれない。

「そう思ったのはね、旦那。あたしが八つ、弟が四つの時に、母親が僅か三十歳の若さで亡くなっちまいましてね。その後、いっそう辛い生活を送ることになっちまったからなんですよ」

お蓮は平吉に相槌《あいづち》を求めるように、平吉の顔を見詰めたまま、続けていく。

「平吉は泣き虫でさァ。あたしは母親が亡くなっても泣くことも出来なかった……」

悲しみの涙を流す暇もなく、残された二人は長屋を追い出され、盛り場で物乞いをしていたところを、飲み屋『えびす』の主、又兵衛《またべえ》に拾われたのである。

又兵衛はしかし、お蓮と平吉を引き取ったものの一人暮らし、手のかかる平吉は、六間堀町の櫛師文治に預けたのであった。

以後、姉弟は離れ離れに暮らしてきたが、当時又兵衛は相生町に住んでいたから、お蓮は平吉の様子を見たくなると、六間堀町に走って行った。

平吉は、親方のおかみさんに可愛がられて、見違えるようにぷりぷり太って、日増しに明るい表情になっていくのが、お蓮にもよく分かった。

「姉ちゃん、寒いよ」

二人ぽっちになった時、寒い冬の夜を、どこかの家の小屋の中で、抱き合って、手をこすりあった辛い思い出も、遠い昔になっていた。

だが平吉は、お蓮が会いに行くと、

「姉ちゃん、おなか空いてないかい。おいら、おにぎり、おかみさんに貰ってきてやろうか」

などと言う。

平吉の頭の中には、盛り場で恵んでもらった金でやっと買った焼き芋一つを、虫拳あそびをしながら、勝った方が一口ずつ食べた記憶がまだ消えていないようだった。

お蓮は一つの芋を分け合う時も、けっして半分に割ったりしなかった。虫拳で勝った方が一口食べる。それなら、わざと負けてやれば、弟の腹を満たしてあげる事ができると考えたからである。

弟は幼かったから、虫拳の時には必ず先に蛇を出した。その次は蛙だった。蛞《なめ》蝓《くじ》の手を咄嗟に作るのが難しく、お蓮はそれをよく承知していて、弟にわざと負けていたのである。

母親が死に、又兵衛に拾われるまでの数か月は、姉と弟、二人にしか分からない辛い思い出がある。

だがその時の思い出が、その後の二人を支えてくれたのは間違いないのだと、お蓮は言った。

「旦那……平吉はね、八歳の時から仕事場に入れて貰ったんだよ。親方の傍らで、小さい手に力を入れて、櫛を磨いているこの子を見た時、あたしは思ったのさ。弟のためならどんなことでもしてやろうってさ。これからだったんですよ、平吉の人生は……」

お蓮の話は、聞くとはなしに聞いていた、町役人たちの涙を誘った。

結局、平吉は正気を取り戻した後で、取り調べを行って罪科を決定するという話になり、取り調べの行われる大番屋に移送されたのである。

自身番は身柄を預かるだけで、罪のあるなしの吟味は、大番屋で町与力によって行われる。

幸いなことに松波が出張《でば》ってくれるようになったようで、松波は柳庵に、おみわの検死と、平吉の身体を診立《みた》てるように頼んでくれた。心中かどうかの決定に、柳庵の診立てを重視したいと松波は言ったのである。

ただ、姉のお蓮は、調べに支障をきたすとして、自身番からいったん家に帰された。

十四郎だけが大番屋まで付き添って来て、平吉の目覚めを待っているのであった。


果たして、越前屋のおみわを検死し、大番屋に回ってきた柳庵は、仮牢に入って平吉を診立てた後、詰所に戻ると松波と十四郎の前に座って難しい顔をした。

そして、

「結論から申し上げますと、二人は心中ではございません」

と言ったのである。

「まことか」

問い質《ただ》した十四郎に、柳庵ははっきりと頷いた。

「まず、おみわですが、少しも水を飲んではおりませんでした。川に入ったのは死んだ後です。首に扼殺《やくさつ》の跡がはっきりとありましたので、誰かに絞め殺されたものと思われます」

「何、では、平吉がおみわを殺して無理心中をしたというのか」

「いえ。その平吉の方も、後頭部を殴打《おうだ》された跡があります。内出血して大きな瘤《こぶ》ができていますが、死には至らなかったようです」

「すると、二人は何者かに襲われて、心中を装って川に投げ込まれたと申すのだな」

今度は厳しい顔で松波が聞いた。

「はい。そのあたりは、平吉が目覚めれば詳しいことが分かるでしょう」

「平吉は、目覚めるか」

「強い気付け薬を飲ませましたので、まもなく」

柳庵は、じっと松波を見た。診立てに自信があるという顔だった。

その時である。

番人が奥から走り出てきて、平吉が目覚めたと告げた。

十四郎と松波、それに柳庵も奥の仮牢に向かった。

「平吉……」

仮牢の戸を開けて中に入ると、平吉はきょとんとした顔をして、辺りを窺うように見回した後、十四郎に顔を向けた。

「平吉、お前はどうしてここにいるか分かっているか」

「いえ……なぜ私はこのような所に寝かされているのでございますか……それにおみわさんは……」

見回しておみわの姿を探し、まさかという顔をすると、

「まさか、おみわさんは……」

と、またおみわの名を挙げ、十四郎の顔を不安げな目で仰ぎ見た。

「おみわは、死んだぞ」

十四郎は、静かに言った。

「おみわさんが、死んだ……」

「平吉、お前たちは心中したのではなかったのか」

「心中……とんでもない。私とおみわさんは螢狩りに行って……」

平吉は、突然顔を強張らせた。

同時に何か思い出して、跳ね起きようとした。だが、力が入らず、背中をわずかに床から起こしただけで、仰向《あおむ》けに寝たまま、

「おみわ……」

嗚咽《おえつ》をあげた。

「平吉、何があったんだ。与力の松波さんもここにいる。どうしてこうなったのか、話してみろ」

「塙様……」

平吉は、縋るような目を向けてきた。

「お蓮は、お前たちが心中したのは自分のせいだと言ってな。罪があるのなら自分にある、平吉の罪は私の罪だと叫んでいたぞ」

「姉さんが……」

「そうだ」

「私は心中などしておりません。嘘ではありません」

平吉は言った。

昨夜のこと、平吉とおみわは柳橋で待ち合わせをしたが、実をいうとおみわと会うのは久しぶりだった。

それというのも、十日ほど前におみわから突然越前屋の娘だと聞かされて、平吉はこれで二人の仲は終いにしなければと考えていた。おみわの気持ちは痛いほど分かっていたが、二人のこの先は見えている。深みに入らないうちに、どこかで決別しなければと思っていた。

だがその時おみわは、おとっつぁんに何もかも話して、平吉さんと一緒になりたいなどと言っていたが、平吉が予想していた通り、おみわから、その後何の連絡もなくなっていた。

これでいい、俺は仕事に生きるのだと言い聞かせていた昨日のこと、おみわの乳母お勝が平吉の仕事場を訪ねてきて、夕刻に柳橋でお嬢様がお待ちしておりますので、必ずお出かけ下さいませと言ったのである。

平吉は、お勝が言った刻限に、柳橋に走った。隔たっていた間に、おみわへの想いが募っていたのである。

果たしておみわは、白地の浴衣に赤い帯を締めて待っていた。

おみわは、柳橋の船宿で猪牙舟《ちょきぶね》を借りているのだと言い、

「平吉さん、螢を見にいきましょうよ。日本堤《にほんづつみ》まで行きましょう」

などと、数日間の空白などなかったかのような口振りだった。

「おみわさん、いいのですか。お家の方に叱られるんじゃあないですか」

平吉は、おみわが家人に内緒で出かけてきたに違いないと察していた。おみわと遠出をするのは、後の悶着《もんちゃく》を考えると恐ろしかった。

「いいの、今日はいいのよ平吉さん。私に任せて。舟でね、日本堤まで行くでしょ

う。しばらく螢を見て、帰りは駕籠を拾って帰ってくればいいんだから」

おみわは、平吉の心配など頓着なく、はしゃいでいた。平吉はおみわのその勢いに押されるように、頷いていた。

平吉の頭の中にも、実際このまま別れたくないという気持ちがずっとあった。たとえ別れるにしても、もう一度会いたい。会って互いの気持ちを確かめ合いたいという切ない思いにとらわれていたのである。

二人は舟に乗り隅田川を上った。そして山谷堀に入り、螢の群生する日本堤で止まった。

船頭の手を借りて堤にあがると、おみわは舟を返し、平吉の手をとって、堤をあっちに行ったりこっちに来たりしていたが、茅《かや》の茂った頃合の場所を見つけると、そこに座った。

明滅する光を二人はしばらく陶然と見ていたが、突然おみわが潤んだ声で言った。

「平吉さん。私、平吉さんのこと、きっとおとっつぁんから許していただくようにしますから、それまで誰もお嫁さんにしないでね」

「おみわさん……」

おみわは、恥ずかしそうに俯いていた。

夢のような一時だと、平吉はおみわの香《かぐわ》しい匂いに酔っていた。

この時、平吉は、おみわの声や、おみわの仕草の一つ一つを見詰めることで精一杯で、周囲に少しの注意も払うゆとりなどなかったのである。

おみわが、柔らかな湿った手を平吉の手にからめてきた時、突然頭に衝撃を受けた。

同時に遠くで、おみわの悲鳴を聞いたような気がしたが、平吉はそのまま昏睡《こんすい》し、気がついたら牢の中で寝かされていたというのであった。

平吉の話は柳庵の所見と一致した。

「平吉、どのような物で頭を殴られたか覚えているか」

松波が聞いた。

「いいえ」

「そうか。では、誰にやられたか、それも分からないのだな」

「見当もつきません」

「ふむ……しかし、心中を偽るしごきまで用意していたとなると、念入りに仕組んだ企みとしか思えんのだが……」

松波は腕を組んだ。あれこれ考えを巡らしているのか、じっと平吉を見詰めていたが、

「平吉の話が本当なら、平吉は罪を問われることはない。しかし、それを証明するには真の下手人を挙げなくてはならぬ。これは決まりだからな。それも期日に余裕がある訳ではない。平吉を大番屋にいつまでも留め置くことはできぬのだ」

松波は、平吉が置かれている厳しい状況を説明した。

「松波さん。真の下手人が挙げられなかったら、平吉はどうなるのです」

「証拠が挙げられない場合は平吉が罪を問われる。たとえ平吉が心中じゃないと言い張っても、おみわは絞殺されているのだ。越前屋は無理心中をまず言い立てるだろう。それが認められれば、平吉がおみわを殺して、自分も死のうとしたという事になる。つまりは殺人で、平吉は死罪を免れぬ」

「猶予はどれくらいあるのですか」

「私が担当しますから、少しの猶予はみることができますが、そうかといって、いつまでも放ってはおけぬのが実情です。まずは十日……」

「分かった」

十四郎は立った。そして、茫然として体を横たえている平吉に、気をしっかり

持つようにと言い聞かせ、大番屋を後にした。

## 四

越前屋は店を閉じていた。周りの賑やかさに比べ、そこだけ黒い雲に覆われているようにひっそりとして、近付き難い悲しみに包まれていた。

ひっきりなしに弔問客が訪れてはいるが、みな一様に打ち沈んだ顔で涙を拭い、ひそひそと語り合ったりして帰って行くのである。

若い将来のある娘を亡くした越前屋に、みな一様に同情しているようだった。

十四郎は、差し向かいの軒下で、越前屋の大戸に張り付けた『忌中』の札を眺めながら、おみわの乳母のお勝が出てくるのを待った。

あれから十四郎は、平吉の身辺について、平吉の親方文治にも尋ね、いろいろと調べてみたが、やはり平吉を殺したいほど恨んでいる者がいるとは思えなかった。

「狙われていたのは、おみわさんの方ではないでしょうか。藤七の調べでは、越前屋さんは利兵衛《りへえ》さんというのだそうですが、たいへん気の短いお人で、しかも一徹者《いってつもの》だという評判です。おそらく、同業者や奉公人たちの間には、利兵衛さんに恨みを抱いている人も少なくないのではないかと思いますよ」

とお登勢も言った。

十四郎は事件の鍵を握るのは乳母のお勝だと考えていた。

二人が蛍狩りに行くことを知っていたのは、十四郎が知る限り、お勝一人だったのである。

そこで十四郎は越前屋の小僧をつかまえて、お勝の知り合いの者だと言い、お勝を呼び出して貰うように頼んだのだが、おみわの通夜が行われている今夜は、とてもお勝が出てこられる状況ではないのかもしれない、そう思い始めていた。

既に夕闇は、商店の軒下に薄い影を落としていて、先ほどから、あちらこちらに、軒提灯を掛ける店も現れている。

――やはり、無理か……。

踵《きびす》を返そうとしたその時、潜り戸から中年の女が顔を出した。

お勝だった。

お勝は十四郎を認めると、後ろを振り返って店の中に気を配り、さらに表通りの左右を注意深く見てから、すいと潜り戸を抜けてきた。

手に紫の風呂敷包みを抱えていて、どこかに用足しに行くような素振りであった。

十四郎はそこに突っ立ったまま近付いてくるお勝を待った。

だがお勝は、十四郎には目もくれないで近付いてくる。

——なぜだ、言伝《ことづて》が伝わっていなかったか。

近付いてきたお勝の前に踏み出した時、お勝は十四郎には気付かない振りをして、前を見詰めたまま、

「後ろについてきて下さいませ」

小声で言った。

どんどん先に歩いて行くお勝を追って、付かず離れず十四郎は後を追った。

お勝は、せかせかとどこかに用足しにでも行くような足どりで大通りに出ると左に折れ、すぐに道の向こうに渡り、浮世《うきよ》小路に入って、堀留めの際にある稲荷に入った。

十四郎が小走りして稲荷に入ると、赤い提灯の灯の側でお勝が待っていた。

「申し訳ありません。お葬式が終わりましたら、お訪ねしようと思っていたところですが、平吉さんの容体はいかがでしょうか」

十四郎が聞くより先に、お勝の方から聞いてきた。

「平吉は、大番屋で臥せっているが、命に別条はない」

「それはよろしゅうございました。ほんとにたいへんな事になってしまって、旦那様はお葬式がすめば、平吉さんを無理心中で訴えるなどと申しております。私も責任を問われましてまもなくお暇を頂くことになっておりまして、その前にぜひ、あなた様にお話ししておきたいと思っていたところでした。こんな所までお誘いして申し訳ありませんが、私も厳しい叱責《しっせき》を受けているものですから」

お勝は意気消沈した顔で言い、境内に据えてある木の腰掛けに十四郎を誘った。

「実は私は、お嬢様と平吉さんは、心中でも無理心中でもないと思っておりま す」

お勝は座るなり、そう言った。

「うむ。その事で俺もあんたに聞きたい事があって参ったのだが」

「塙様。お嬢様は平吉さんに自分の素性を打ち明けたその晩に、旦那様に平吉さんと夫婦にさせてほしいとお願いしたのでございますよ。まさかそんなに思い詰めていたなんて、私も迂闊《うかつ》でございました。お嬢様の決心は固くて、許してくれなければ家を出るとまで言ったのでございます」

越前屋利兵衛は人も知る業腹《ごうはら》な男である。

五年前に妻を亡くしてから、その性癖は一層強く、おみわの話に立腹したのはむろんのこと、翌日には大工を呼び寄せ、奥の座敷に座敷牢を作ると、そこにおみわを閉じ込めた。

おみわは、その日より、風呂や雪隠《せっちん》を使う時以外は終日座敷牢で過ごす事になったのである。

そんな折、同業者の慰問の会で、利兵衛は箱根《はこね》に行くことになった。

旅は一泊の慌ただしいものだったが、お勝はおみわに懇願されて、一刻（二時間）ほどで家に戻るという約束で、平吉と会えるよう取り計らったのである。

おみわは、座敷牢に入れられても、決して平吉との事は諦めてはいなかった。

それどころか、頑《かたく》なに自分の意志は絶対曲げないと言い、お勝にその決心を語っていた。

おみわは越前屋の一人娘だが、弟がいる。跡取りの弟がいるのに、なぜ自分の行動まで縛るのかと、普段から父親には反発していた。

そういった様々な事情を考えると、おみわが不憫《ふびん》になって、お勝は便宜《べんぎ》をはかったのだが、刻限になっても帰らず、翌日遺体となって発見されて愕然《がくぜん》としたのである。

「でも私は、お嬢様が平吉さんに袖にされたのならともかく、平吉さんもお嬢様をお好きのようでしたし、ひょっとして駆け落ちしたのかと思っておりました。ですから、心中とか無理心中とか考えられないのでございます」

「ふむ。すると、何かほかに心当たりでもあるのかな」

「はい。お嬢様を執拗《しつよう》に追いかけていた人がいます」

「何、誰だ」

「仏具屋『万年屋《まんねん》』の一人息子、玄次郎《げんじろう》さんでございますよ」

昨年の秋の彼岸のことだった。

墓参りに出かけたおみわとお勝は、途中で線香を忘れてきたことに気付き、万年屋に立ち寄った。

それ以来、玄次郎は何度もおみわを待ち伏せし、付き合ってくれなどとしつこく言い寄り、おみわが断ると、今度は仲人をたてて、縁談を持ち込んできたのである。

玄次郎の悪所《あくしょ》通いや賭場狂いは、近辺では有名だった。

おまけにわがままで粗暴ときているから鼻摘み者で、親も手を焼いているような男だった。

利兵衛は、縁談申込みの相手が万年屋の玄次郎と聞いて、「身の程知らずの馬鹿者めが」と大激怒し、二度と娘に近付くなと人を介して厳しく釘を差したのであった。

すると玄次郎は、今度はおみわの外出をじっと待って尾けるという非常手段に出たのである。

玄次郎は声を掛けてくるでもなく、ただ、おみわの後を懐手で、ぶらぶらと尾けてきた。

気味は悪いが、これには何の文句も苦情も言えず困り果てていたところ、おみわが平吉のところに通うようになって以来、ぷっつりと姿を消していた。

お勝が聞いた話では、玄次郎の性格は、叶わぬ思いを遂げるためには何をしでかすか分からないところがあるという。それだけに、容易に諦めるとはとても思えず、薄気味悪い思いをしていたというのである。

「ふむ。しかしお勝、あの晩二人が螢狩りに行くという話を、玄次郎は知っていたのか」

「いえ、それはないと思いますが」

「誰かにしゃべったということはないか」

「そういえば、今年の春までお店にいた彦七《ひこしち》さんには話しましたが……」

「彦七……」

「ええ。番頭さんでしたが、使い込みが見つかって、店を追い出されたのでございます。時々町で会うこともあって、その時には、店のことをいろいろ聞いてくるものですから、私もつい気を許してしまいまして……」

「彦七は、利兵衛を恨んでいたのではないのか」

「旦那様を？……そりゃあ追い出された訳ですから……でもまさか」

お勝は驚愕して、十四郎を見た。

## 五

湿った空気は、夜になって風の流れを止めてしまったようだった。

月影も俄かに雲に掻き消されて、見渡すところ田地と草地の日本堤は、遠くに吉原《よしわら》の賑々しい明かりが見えるばかり。

暗闇の中に明滅する弱い螢の光がある他は、時折、吉原に行く町駕籠が駆け足で過ぎていくぐらいで、堤は人の行き来も絶えた暗闇だった。

藤七が、慌てて持参していた提灯に灯を入れた。

「船頭が、二人を下ろしたのはここら辺りだと言っておりましたから、探してみましょう」

藤七は十四郎にそう言って、提灯の明かりを頼りに、土手の草地を丹念に照らし始めた。

十四郎は、藤七がかさかさと草を分け入っては、また堤に戻るといった単調な動作を繰り返しているのを見詰めながら、松波の言葉を思い出していた。

「塙さん。越前屋ですが、平吉を訴えましたよ。平吉が首を斬られるのを見届けないことには、腹の虫がおさまらないという訳です」

おみわの葬式が終わって、まだ幾日も経ってはいない。

越前屋の行動は想定していたとはいえ、一層の早期決着を余儀なくされた訳である。

十四郎は、お勝の話から、越前屋を追い出された彦七と、仏具屋の玄次郎の話を松波に伝えていたが、その件についても松波は、

「彦七も玄次郎も、事件当夜、現場には行っていなかったという事が証明されま

した。二人は花川戸《はなかわど》の賭場にいたのです」

　と言った。

「二人一緒に、同じ賭場に？」

「そうです」

「しかしなぜ、二人が同じ賭場にいたのですか。偶然ですか」

「偶然かもしれないし、示し合わせて行ったのかもしれません」

「二人は見知った仲ではないのですか」

「一度一緒に、三好町《みよしちょう》の賭博の手入れで挙げられた事があります。挙げたのは南町の岡っ引で伊蔵《いぞう》という男ですが、二人は大番屋で説諭されただけで帰されています。ですが、それがきっかけで彦七は越前屋を首になっていますから、その時から、二人は近しい間柄になっていたとしても、不思議はありません」

「すると、彦七がお勝から仕入れた螢狩りの話は、玄次郎も知っていたかもしれませぬな」

「それですが、彦七は誰にも伝えなかったし、玄次郎もおみわへの興味はもうなくなっているなどと言ったそうです」

　松波は橘屋にやってきて、そう告げた。

だが十四郎は、二人がいた博打場が花川戸であった事が、ひっかかった。今戸橋までは一っ走りの距離である。

しかも、おみわの螢狩りについて、二人とも興味のないふりをしたという話も、奇妙な感じがした。二人の今の状況から考えれば、興味のない話ではない筈だ。

結託して口裏を合わせているとしか思えなかった。

二人が揃って賭場にいたのは、後日の追及を避けるための工作ではなかったかと、そんな気がしたのである。

松波も、納得している訳ではなく、二人には手下を張り付かせていると言ったが、十四郎も引き続き、独自で調べを続けている。

それがこの、日本堤の現場の探索となった訳だが、松波もここは配下の者に既に調べさせている筈だったし、新しい何かが見つかるとは思えなかった。だが、平吉たちがここにやって来た同じ時刻にこの場所に立つ事が、重要だと考えていた。

「十四郎様」

茅の中に踏み込んだ藤七の提灯が、一点を照らしていた。

十四郎が小走りして近付くと、そこだけ茅が踏み倒されて、平吉の話にあった、二人が腰を下ろしていた場所だと思われた。

二人は山谷堀に向かって座っていたのではなくて、意外にも反対側の田地の方を向いて座っていたようだ。

「おい。雨だ」

止んでいた風が俄かに立ったと思ったら、小粒の雨が落ちてきた。

藤七が、引き上げましょうと暗い天を仰いだ時、土手の下から筵《むしろ》をかぶった男が駆け上がってきた。

「誰だ」

藤七が、身構えて男を照らした。

「怪しい者じゃねえ。雨が落ちてきたから、塒《ねぐら》を変えるんだ」

男は筵をちらりと取って、勘弁してくれというような笑いを見せた。青梅《おうめ》縞の着物に、黒の小白帯を小粋に締めて、さらし木綿の手ぬぐいを首にひっかけている。歳は二十四、五かと思われた。

「お前は、毎晩ここで寝ているのか」

十四郎は、前に広がる田地を指した。

「まあ、そういう事で、へい」

「いつからだ」

「いつからって、ずいぶん前からでございやすよ」

「分かったぞ。あんたは所払《ところばら》いをくってる者だな」

横から藤七が言い、男の顔に提灯を近付ける。

「旦那、ご勘弁を」

男は、苦笑して見せた。だがその苦笑は口元だけで、怯えた目を向けている。

所払いというのは、軽罪のお仕置の一つで、日本橋を中心にして、二里四方には居住できないとされた刑だった。

ただし、市中を昼間歩く事は勝手とされていたために、塒さえ遠くに構えればいいなどと、特に巾着切《きんちやつきり》（掏摸《すり》）などは、夜だけその外で過ごす輩《やから》も多いと聞いている。

「巾着切か」

十四郎が厳しく尋ねる。

「へっへっへっ、旦那、冗談がすぎますぜ」

「なんでもよい。町人、ちと聞きたい事がある。一緒に参れ」

「へっ」

「案ずるな。役人に渡したりはせぬ。馳走《ちそう》してやる」

「こりゃどうも」

「ただし、俺たちの懐に手を触れたら、叩っ斬る」

「旦那」

男は、十四郎の脅しに震え上がった。

だがその男が、一刻後には、

「うめえ」

口元から零《こぼ》れた酒を、人差し指の甲で掬い取って啜っていた。

谷中《やなか》天寿門前町の居酒屋の二階の小部屋に、十四郎は男を誘ったのである。

男の名は巳之助《みのすけ》、平松町《ひらまつちょう》の道具屋『倉田屋《くらたや》』総領の息子というから驚いた。

「しんきくせえ商いなんぞ俺には向いてねえ。で、楽して金を儲けようと思ってよ」

「それで巾着切になったというのか」

「ところがですね。せっかく掠《かす》めた金も博打ですられちまうって悪循環で、止めるに止められねえ」

「呆れた奴。ててごは泣いているぞ」

「へい、ですから、今度捕まったら、あっしも足を洗うつもりで……なにしろ、仏の顔も三度ってえんで、四度捕まったら、死罪でござんすからね。あっしが手《て》解《ほど》きを受けた親分も今は堅気《かたぎ》になっておりやすし、その親分からも叱られやしてね」

「ほう、お前は親分持ちなのか」

「又兵衛という、情けのあるとっつあんでさ」

「何、又兵衛だと……まさか、薬研堀で店を張る」

「へい、えびすの親父です」

「あの親父、巾着切だったのか」

「へい。もう足を洗っちまってますからしゃべっちまいますが、あそこの娘も、てえした腕だったんですぜ」

「娘……お蓮の事か」

十四郎は、呆気《あっけ》に取られて、藤七と顔を見合わせた。

――待てよ、すると、お蓮は楽翁の財布を拾ったんじゃなくて、掏《す》りとっていたのかもしれん。

そうとも知らずに楽翁は——。

お蓮が自分の命が短いなどと言ったのは、巾着切の末路を知っているからではなかったか。又兵衛のように長生きできる巾着切は少ないと聞く。皆最後には、巳之助が言ったように捕まって死罪になるから、長生きできるのは、ほんの僅かの人間だという事になる。

——お蓮の奴……。

十四郎は、苦笑した。

しかし、お蓮がまだ巾着を狙った生活をしているというのなら、目の前にいる巳之助同様、早々に足を洗わせなければならぬ。

「で、話は変わるが、五日前の夜の事だが、お前は、今日いた場所と同じ場所にいたんだな」

「へい」

「若い二人が、後ろから襲われたのも見たと言ったな」

「へい。男三人が襲ったんですよ……」

巳之助は土手の下から、筵を被ったまま、男たちの行状のすべてを見ていた。

巳之助の話によれば、男たちは、平吉を後ろから木刀で殴ると同時に、もう一人がおみわの首を絞め上げた。

二人がぐったりしたところで、監視役の男が懐からしごきを出して、

「おい」

結べと命令したようだった。

手下の男たちは、平吉とおみわの腕をしごきで繋ぐと、道を跨いで、反対の土手に運び、そこから二人を堀に落としたのである。

「旦那、その時ですね。あっしはとんでもねえ人間を見ちまったんですよ」

「知っている者か」

「知ってるも何も、あっしに縄を掛けた事のある岡っ引だったんですぜ」

「何、殺しの差配を、岡っ引がしていたというのか」

「へい」

「間違いないか」

「旦那、あっしにしたって、忘れようったって忘れられねえ野郎なんでござんすよ。あいつは、いったん挙げた巾着切や博打打ちを解き放した後で、一転して、強請《ゆすり》を掛けて、以後その者たちが手にした金を掠め取っていく悪人なんですぜ。仲間内では『すっぽんの伊蔵』と呼ばれていますがね」

「すっぽんの伊蔵」

藤七が、大きな声を上げた。

松波の話に出た岡っ引、彦七と玄次郎を挙げた男も、伊蔵という岡っ引だったからだ。

「南の手札を貰っている岡っ引だな」

十四郎が念を押すと、巳之助はごくりと生唾を飲み込んで頷いた。

## 六

「又兵衛……」

十四郎は、両膝に拳をつくって座っている又兵衛を促した。

店の外には、薬研堀から両国橋に移動していく人のざわめきや、近くにあるからくり人形の呼び込みの声などが、間断なく流れている。それを耳朶《じだ》に捉えながら、店の中では、十四郎と藤七、そして相対して又兵衛とお蓮が見詰め合っていた。

又兵衛は顔を上げると、

「旦那、何もかもお見通しとは恐れ入りやした。平吉の為に役にたつのでしたら、あっしはなんでもお話ししますよ。おい、お蓮。暖簾をしまってくれ。今日は休みだ」

又兵衛は、お蓮に暖簾をしまわせると、改めて十四郎に向いた。

「塙の旦那のおっしゃる通り、巳之はあっしの弟子だった男でござりやす。あの巳之が、殺しを見たというのなら間違いございやせん。巳之は、嘘をつくような人間ではございませんよ。しかしあの伊蔵が、まさかという気が致しやしたが、よくよく考えますと、あいつなら殺るかもしれねえ。なにしろ、十手《じって》持ちでございやすから、十手を振り回しゃあ何でもできると思っている悪党でございやす。まったく、お奉行所の目は節穴同然でございますから……」

又兵衛は、怒りを噛みしめるように言った。

「実を言うと、あっしも奴に挙げられた事がございやして、もうずいぶん昔の話でございやすが、それでも、いまだに伊蔵は、こんなちっぽけな店のあがりも当てにしてやってくるのでございやすよ」

「何、お前も強請られているのか」

「へい。あっし一人なら、ケツ捲《まく》って追い返す事ぐらいなんて事もねえのですが、奴は、このお蓮を盾にしやがる」

「親父さん」

お蓮が驚いた顔をして、又兵衛を見た。

「お蓮、お前にも言ったろう。けっしてもう、人様の財布に手え出しちゃあならねえって。おめえはやってはいねえと俺は信じてるが、あいつはじっと見てるんだ。そうでなくても昔の話を持ち出して、お奉行所にお前を売られたくなかったら、金を出せと言いやがる」

「なんで言ってくれなかったんだよ、親父さん」

「お前に言ってどうするんだ」

「奉行所に訴えてやる」

「馬鹿、私は巾着切でございましたが、などと訴えるってか……お前は」

「……」

「痛くもねえ腹をお役人に探られたら、この店の商いもできねえんだぞ。それに、そんな事で伊蔵が観念するとは思えねえ」

「又兵衛、お前まで強請られているとなると、彦七も玄次郎も、その可能性はあるな」

「あるどころか、一度伊蔵に挙げられた連中で、逃れられた者は一人もいねえ、死ぬまで搾り取られるんでございやすよ」

「………」

「これはあっしの考えですが、玄次郎なんぞは、家の内証《ないしょう》がいいですからね。奴にとってはいいカモですよ。ただ、伊蔵が差配して殺しをやったとなると、これは玄次郎が頼んだとしか思えませんから、親の身代《しんだい》、そっくりやられますでしょうな」

「やはりそうか……お前の話を聞いていると、伊蔵は金めあてで、玄次郎から殺しを請け負ったに違いない。伊蔵が平吉やおみわを狙う理由がない」

「ちくしょう。あたしが敵をとってやる」

お蓮が立った。

「馬鹿、落ち着け。旦那もこうして順序だてて、調べをして下すってるんだ。へたな事をしてみろ、お前もどんな目に遭うかわからんぞ」

又兵衛は、お蓮を叱りつけて、腕を摑んで座らせた。

「いいか。俺にとっては、お前も平吉も、我が子のようなものだ。平吉を殺ろうとしたのが伊蔵と知ったからにゃあ、俺だって黙ってはいられねえ」

そもそも又兵衛は、平吉を櫛師の文治に預けたのは、自分のような一生を送らせたくないためだったと言った。

お蓮は女で嫁に出せばいい。だが平吉は男である。一家をなして女房子供を養っていかなくてはならない。自分の手元においておいたら、巾着切になるしかない。

苦労をして生き抜いてきた二人を拾った時、又兵衛はそう思ったというのである。

「まあ、あっしも五年前に足を洗って、ここにこうして間口二間の店を構えやしたからね。ですからこの店は、お蓮に譲ってやろうと思っているんですよ、旦那」

「親父さん……」

お蓮が、潤んだ眼で又兵衛を見た。

「お蓮にはこの店を……、平吉は一人前になりやしたし、もう心配はいらねえって、あっしはほっとしていたんでさ」

「又兵衛」

「旦那、あっしが囮《おとり》になってもようござんすぜ」

又兵衛は、険しい目を向けてきた。

「いや、俺がやる」

「旦那……」

「又兵衛、ついては、奴らが顔を出す賭場だが、お前、渡りをつけられるか」

「お安いご用でございます。さっそく当たりやしょう」

「よし。それで決まった」

「では、旦那は長屋にかえって待っていて下せえ。渡りがついたら、あっしが知らせに走るか、お蓮をやります」

又兵衛はそう言うと前垂れを外し、帳場にまわると懐に匕首を忍ばせて出ていった。

それを見届けて、十四郎はお蓮に言った。

「お蓮、ひとつ聞きたい事がある」

「なんですよ、怖い顔して」

「お前は、橘屋の隠居の財布を、拾ったのではなくて掏ったんだな」

「旦那」

「拾ったか、掏ったか、どっちだ」

「申し訳ありません、つい」

「やはりな」

「でも旦那、財布の中を覗いたら、一両ぽっちしか入ってない。姿はお武家で金持ちの隠居かと思っていたら、大きな財布に一両ぽっち。だから可哀相になっちまって返したんだよ。それでいいじゃないか」

「そういう問題ではないだろう。お蓮、巾着切は四度捕まれば死罪と聞く。だからお前は、自分の命は短いなどと言ったんだな。そういう事を言うお前は、掏りを止められない、という証拠ではないか」

「…………」

「いいか。今さっき、親父さんの気持ちも聞いただろう。それに、平吉だって、姉さんのお前が巾着切と分かったら、どれほど嘆くか……結局、平吉の足を引っ張ることになるんだ」

「分かっています。でも旦那、平吉は助かるんでしょうね」

「それを今やってるんじゃないか。伊蔵を挙げることができれば、平吉は戻ってくる」

「伊蔵を挙げられなかったら、どうなるんです」

「伊蔵は挙げる」

「……」

「だから、言っておく。足を洗うんだ」

「旦那、実はね、平吉はあたしたちの事はなんにも知らずに来てるんですよ。あたしはね、平吉にだけは、幸せになって貰いたいと願ってきたんだから、あたしが巾着切だなんて言うもんか。これからだって、平吉の足を引っ張るような事はするもんか」

「だったら、これっきりにしろ。親父さんだって、まさかお前がまだやってるなんて、知らないのではないか」

「……」

「お蓮、俺と約束するんだ。いいな」

十四郎は、目を伏せたお蓮の顔に、厳しく言った。

賭場は薄暗く、締め切った部屋に男たちの熱気が籠もって、その熱気で部屋は一層霞んでいるように見えた。

十四郎は又兵衛が話をつけてくれた賭場で、彦七や玄次郎を待っていた。

盆の回りには、町人や浪人が集まっていて、眼《まなこ》を血走らせて興じていたが、誰も十四郎の姿を気にとめる者はいない。

十四郎は、胴元が出してくれた茶を啜りながら、博打の勝敗を見つめていた。

「丁半ないか、丁半ないか。さあ、はったはった。兄さん、言っておくんなさい、丁ですかい、半ですかい」

「丁」

「半」

「参ります。四六《しろく》の丁」

どっと喜色の声や落胆の声が上がった時、縦縞の着物を着た中年の男がふらりと入ってきた。

男はひととおり眺めると、客の間に滑り込んだ。

「旦那、彦七ですぜ」

胴元が十四郎の耳に囁いた。

一見したところ、彦七は、元越前屋の番頭の風格は微塵《みじん》もなかった。表情にも身のこなしにも、すでに闇の中で生きる人間特有の腐臭が漂っていた。

「恩に着る」

「なあに、とっつぁんには、どれほど世話になったかしりゃしねえ。気にしないでおくんなせえ」

「うむ」

十四郎は、静かに腰を上げて彦七の側に歩み寄り、片膝立てて腰を落とすと、

「おい」

低い声で誘いを掛けた。

彦七はぎくっとして見返すと、相手が浪人と知ってか素直に頷いた。

賭場は二階にあった。

十四郎は、彦七を先に歩かせて階下に降りると、すぐに首根っこを締め上げて、近くの路地に連れ込んだ。

「な、何するんだ」

「話して貰いたい事がある」

「誰だい、あんた。俺を彦七と知っての事かい」

彦七は、いっぱしの物言いをした。

「なさけない奴だ。元越前屋の番頭だろう。いい年をして、こんな生き方しかできんのか」

「誰だいあんたは」

「誰でもいい。ただし、言う事を聞かなかったら……」

ぐいと睨み据えた。

「ひえ……」

「正直に話してくれたら、見逃してやる」

「な、なんの話だ」

「おみわさんの事だ」

「お嬢様の……」

「そうだ。おみわ殺しは、誰だ。誰が殺った」

「旦那……」

「言え」

十四郎は、更に首元を締め上げた。

七

「白状したんですか。彦七って人は」

お登勢は、帳簿から顔を上げて十四郎を見た。

「うむ。だが彦七も伊蔵に人生を狂わされたようなものだ」

彦七は、越前屋に小僧の時代から勤め上げて、番頭になった男だった。

気がついたら、四十に手が届くような年齢になっていたが、これまでの苦労を考えると感慨もひとしおだった。

ところが、今年に入ってまもなくの事、些細な事で利兵衛に怒鳴られた。

利兵衛の虫の居所が悪かったといえばそれまでだが、小僧や女中や手代の前で馬鹿よばわりされて、しかも、即刻お前は手代に降格だと申し渡されたのである。

女遊びはおろか、女房も持たず頑張ってきた堪忍が、一気に崩れていくようだった。

利兵衛の短気に付き合ってきたのは、ひとえに店を持ち、女房子供が持てると思えばこそである。

彦七は、利兵衛が奥に消えたのを見計らって、帳場の金箱から三両を摑み、陽の落ちた町の中を何かに追われるように背を丸めて歩き、ある賭場に入った。飼い殺しにされてきた鬱憤《うっぷん》を爆発させずにはいられなかった。

賭場は、彦七にとっては生まれて初めて覗いた禁断の場所だった。怒りをおさめれば、手代からまた辛抱もできると思っていた。

だが運悪く、その夜に賭場は手入れを受けた。乗り込んで来たのはすっぽんの伊蔵だった。

彦七たちは番屋に一晩留め置かれて、役人から説教された後、解き放ちとなった。

この時、玄次郎も同じように、番屋に留め置かれた一人だった。

店に戻ってみると、既に伊蔵が利兵衛に知らせていたとみえ、彦七は店の暖簾もくぐらせて貰えずに、即刻追い出されたのである。

以後、玄次郎ともども、伊蔵の餌食《えじき》になってきた。

ある日のこと、玄次郎が、おみわを殺してくれる者がいたら、たっぷり礼をするなどと酒の席で言ったのを、伊蔵が聞いて頷いた。

伊蔵は早速、彦七に越前屋を探るよう言いつけた。

やがて彦七の調べでおみわが平吉と付き合っているのが知れると、心中立てで殺ろうと言い出したのも、伊蔵だったのである。

平吉とおみわが螢狩りに行ったのはもっけの幸いだった。

情報を提供した彦七と、殺しを頼んだ玄次郎は、無関係を装うために一晩中賭場で過ごし、殺しは伊蔵と伊蔵の手下が請け負ったのである。

「そういう事だ。後は玄次郎を挙げれば、伊蔵がお縄になるのは時間の問題だ」

「それにしても、伊蔵って人は……」

お登勢は眉を曇らせて、帳面を閉じた。その時、

「ごめんなさいまし」

玄関で声がした。

「十四郎様」

お登勢に促されて玄関に出てみると、又兵衛が悲壮な顔をして立っていた。

「又兵衛」

「塙様」

又兵衛は、三和土《たたき》に崩れるように膝をついた。

「どうした、又兵衛」

「お蓮が……お蓮が、殺されちまいました」

「何」

「ゆんべから姿がみえねえもんで、どこに行ったのかと案じておりましたら、夫婦柳の木の下の河岸に、簀巻《すま》きにされちまって転がっておりやした……」

「伊蔵のところへ行ったのか」

十四郎は、又兵衛の肩を揺すった。又兵衛は涙交じりの声を上げ、

「お蓮の奴は、旦那、ここに縄、巻かれて……」

又兵衛は、自分の首を苛立ちを込めて叩いてみせた。

「馬鹿な女ですよ。あれほど言いきかしておいたのに」

「又兵衛、しっかりするんだ」

「旦那、こ、これを……お蓮の書き置きです」

又兵衛は、懐から品書きの紙を出した。

「お蓮が、旦那に書き置いたものです」

十四郎は、又兵衛の手にある染みの付いた紙を取った。

紙は店に張り付けてある品書きだった。その裏にひらがなの金釘《かなくぎ》のような字が連なっていた。

『だんな。いろいろありがと。あたし、へいきちのかたきうちに、いぞのいえいきます。あたしがころされたら、やったのはいぞです。おもとがあかしです』

読み終えて、お登勢に渡す。

「又兵衛さん、このおもとというのは……」

素早く書き置きに目を走らせたお登勢が聞いた。

「へい。あっしが先だって伊蔵の家に行った時、みたこともねえ珍しいおもとの鉢が玄関口に置いてあると言ったんです。お蓮はそれを覚えていて、この葉っぱのことでございますよ、へい……お蓮は懐にこの葉っぱを抱いておりやした」

又兵衛は懐から、おもとの葉っぱを出した。葉っぱは、幅一寸半、長さ二寸ほどの千切ったものだったが、濃い緑の上に黄色い帯が縁取りのようにくっきり走っているのが判別できた。

お登勢は、葉っぱを手に取って、

「珍しい模様ですね。私は、こんな色合いのおもとを見るのは初めてです。十四郎様」

十四郎をじっと見た。

「許せぬ……又兵衛」

「へい」

「一緒に参れ」

「へ、へい」

又兵衛は弾かれたように腰を上げた。均衡を失ってよろめいたが、足を踏み直した時には、窪んだ目が、険しい光を放っていた。

「旦那、あれが伊蔵です」

又兵衛が、八丁堀の三原作之進《みはらさくのしん》の組屋敷を下っ引二人を従えて出てきた男を目で指して言った。伊蔵は三原から手札を貰っている岡っ引だった。

「ふむ」

月明かりの中を、伊蔵の横顔が過ぎていく。彫りの深い顔だと思った。

手に光っているのは十手のようで、伊蔵も手下も十手を腰には差さず、常に手に持って、振り回したり、肩を叩いてみたりして行くのである。

明らかに自身をひけらかし、威圧する行為のようで、伊蔵の陰険で傲慢《ごうまん》な態度がみてとれた。

連れている下っ引も、堅気の人間とはとても思われない険悪な目付きをした男たちで、常に周囲に間断なく目を走らせ、肩をいからせて伊蔵にぴたりとついていく。町のごろつきより、よほど恐ろしげにみえた。

三人は、松屋町《まつやちょう》の髪結床に入るが、すぐに表に出て来た。

そして辺りを見渡すと、伊蔵はふっと笑って掌に掴んできた金の重みを確かめた。

その手をそのまま袖の中に突っ込むと、また二人を従えて、堀の道に出た。

道の右手は、白河藩松平越中守《しらかわまつだいらえっちゅうのかみ》の屋敷の塀がずっと向こうまで続いており、道の左は堀の水辺まで草地が広がっている人けのない場所である。

「又兵衛」

十四郎は又兵衛を促して、伊蔵たち三人が越中殿橋《えっちゅうどのばし》に差し掛かったところへ、走り寄って呼び止めた。

「待て、伊蔵」

伊蔵は、ぎくりとして振り返った。

「誰でえ……なんだ、とっつぁんじゃねえか」

伊蔵は、又兵衛を認めると、嘲笑するような笑いを浮かべ、肩を揺すった。

「伊蔵。てめえ、お蓮まで殺しやがって、許せねえ」

又兵衛は言うが早いか、懐から匕首を抜いた。

「おい、とっつぁん。頭がおかしくなったんじゃねえか。お蓮まで殺した？……冗談じゃねえぜ。まったく、惚けがまわっちまって、おめえ、誰に刃を向けてるか分かってるのか。俺は、岡っ引だぞ、お上のご用を預かる岡っ引だ」

伊蔵は、十手を突き出して、ひらひらさせた。

「伊蔵、悪足掻《わるあが》きは止めるんだ」

十四郎が、ずいと出て言った。

「誰だいあんたは」

「誰でもいい。町方が出張ってくるのを待ち切れなくて、お前を捕まえにきた」

「何」

伊蔵の顔が、一瞬にして凍りついたようになった。

だが伊蔵はまもなく、低い声で笑っていた。

「やい、何がおかしい」

又兵衛が叫んだ。

「俺を捕まえるって……岡っ引の俺を……証拠はあるのかい旦那、いい加減な事をおっしゃって貰っては、あっしも黙っちゃあいませんぜ」

伊蔵は、凄味を見せて言い放つ。

十四郎は、ふっと笑って、

「もう嘘はつけぬぞ、伊蔵。佐内町《さないちょう》のお前の家の玄関口に珍しいおもとが置いてある。ここに来るまでに俺も確かめてきたんだ。お蓮は、お前の大事にしているあのおもとの葉っぱを、懐に入れて死んでいた。切り口もぴたりと合ったぞ。もう逃れられぬ。俺と一緒に来るんだ」

「うるせえ。やっちまえ」

伊蔵が叫んだ。

同時に下っ引二人が左右に飛んで、匕首を抜いた。

「馬鹿な真似はやめろ。怪我をするぞ」

十四郎が下っ引の二人を見遣った時、伊蔵が又兵衛の懐に飛び込むのが見えた。

「又兵衛」

十四郎が叫ぶと同時に、二人は打ち合って、弾かれるように飛びのいたが、又兵衛がぐらりと崩れた。

「あ、足が」

又兵衛は、立ち上がろうとするが、また草地に落ちた。

十四郎は、走り込んで又兵衛を庇って立った。

するとそこへ、下っ引の一人が、体を丸めて突っ込んできた。

手にある刃が、冷たい光を放つのが見えた。

十四郎は、又兵衛を庇いながら、その刃を躱《かわ》し、もう一人の下っ引が伸ばしてきた匕首を叩き落として、その腕を思い切り後手《うしろで》に捩《ね》じ上げた。

ぼきっという鈍い音がした。骨の折れる音だった。

「いてて」

下っ引は、草地を転げまわって、悲鳴を上げた。

「又兵衛、立てるか」

十四郎が、又兵衛に手を貸したその刹那、伊蔵が鬼のような顔で飛び掛かってきた。

「むっ」

十四郎は居合い一閃《いっせん》、抜きはなった刀で伊蔵の腕を斬り下げた。

「うっ」

伊蔵が腕を摑んで蹲《うずくま》った。その時である。

「お蓮の敵」

又兵衛がよろりと立つと、そのまま蹲った伊蔵の体に被さるようにして、匕首を振り下ろした。

だが一瞬早く、十四郎の手が又兵衛の手首を摑んでいた。

「やめるんだ」

「旦那、なぜ止めるんですか。あっしは、お蓮の敵をとってやりてえ。平吉の恨みを晴らしてやりてえ」

「人殺しになってもいいのか」

「命など惜しくねえ」

「馬鹿な、平吉がいるじゃないか。お蓮のかわりに、もうしばらく平吉の仕事振りを見届けてやれ」

「ちくしょう……お前のせいで、お前のせいで……」

又兵衛は、伊蔵に殴り掛かった。

馬乗りになって、伊蔵の頬を張り続けた。

十四郎がふっと伊蔵の手下たちに目を戻すと、捕縄をかけられて、引き据えられるところだった。

「松波さん？」

十四郎は月明かりに目を凝《こ》らした。

松波は、橋の袂からじっとこちらを見詰めていた。

「まあ、釣忍《つりしのぶ》じゃありませんか」

お登勢は、涼しげな音をたて、釣忍をぶらさげてやってきた又兵衛の手元を見ると、嬉しそうな声を上げた。

忍とは歯朶《しだ》の一種で、耐え忍ぶという意味から名が付けられたものだというが、葉が羽状に分裂した緑の涼しげな葉っぱである。この根元を束ねて、忍玉をつくり軒下に吊れるようにしたものを釣忍という。

釣忍には好みの風鈴をつけたりして夏の涼を楽しむが、又兵衛が持ってきた釣忍にも、ぎやまんの風鈴がついていた。

伊蔵が捕まり、平吉も元気になって家に戻され、一段落した昼下がりである。

又兵衛はもじもじして、

「あの、これを、十四郎様に……」

と言う。

「あら」

お登勢は、てっきり自分に持ってきてくれたとばかり思っていたらしく、がっかりした声を上げ、帳場にいた十四郎を手招いた。

「実は、生前、お蓮の奴が、薬研堀の植木市で買い求めていたものなんでございやす。塙の旦那にあげるんだって……」

「俺に……」

十四郎は照れ隠しの微笑を浮かべて、そこに座った。

「へい。で、あっしは、とっくに差し上げたものだと思っておりやしたら、お蓮の部屋の前で寂しそうに揺れてましてね。それで、旦那に貰ってはいただけねえかと思いまして……」

「ふむ。しかし、有り難いが、もしも枯らしてしまったらたいへんだな」

「十四郎様、頂きなさいな。お蓮さんの気持ち、わたくしにはよく分かります」

「ありがとうございやす。貰っていただけたら、あの世でお蓮もきっと……」

又兵衛は、声を詰まらせた。

「又兵衛……」

「笑って下せえ。せめてもの親心でございやす。恥、忍んで、お願いにあがったのでござりやす」

「又兵衛さん。私もお世話させていただきますよ。ええ、枯らしたりするものですか、お任せ下さい」

「お登勢様……」

又兵衛は、洟《はな》を啜って十四郎に釣忍を手渡した。

ちりん……とさびしげな音がした。すると又、又兵衛は洟を啜る。

又兵衛は、すっかり、涙脆《もろ》くなっていた。昔、巾着切の親分だったとは想像もできない程、ここ数日で老いたようだ。

だが、釣忍を十四郎に手渡してほっとしたのか、影の薄い背中を見せて帰っていった。

「楽翁様も、お蓮さんの死を知ったら、なんとおっしゃるでしょうか」

お登勢は、縁側の軒下に釣忍を吊りながら十四郎を振り返った。

「うむ」

十四郎は歩みよって、瑞々《みずみず》しい釣忍を仰ぎ見た。

「お蓮さん……」

お登勢が釣忍に手を合わせた時、ちりん、ちりん、ちりん――。

風鈴が鳴った。切ない音色だった。

二人は見合った後、しばらく黙然として耳を澄ました。

# 第三話　ちぎれ雲

## 一

蒸し暑い夜だった。

風がそよとも動かず、昼間の熱気がまだ辺りに立ち込めていた。

橘屋では夕方庭一帯に男衆が水を撒《ま》いたが、その水も木々の葉に籠もっていた熱気を辺りに放射しただけで大した効きめはなかったようだ。

お登勢は障子を開け放ち、蚊遣《かや》りを焚いた。

泊まっている客の中には、早々に行灯の灯を消して、蚊帳《かや》を部屋に張り巡らし、床についた者もいるようだった。

だが、二階にある『藤《ふじ》の間』の、このお新《しん》の部屋だけは、灯のいろに包まれていた。

お新は十日前に慶光寺に駆け込んできた女で、橋屋ではお新の駆け込みの背景を調べ始めたところだった。

女の駆け込みを慶光寺が認めるかどうかの判断が下されるまで、橋屋は駆け込んできた女を預かることになっているが、その間、身内や親しい者たちが女を訪ねてきた時には、女の意向を聞いた上で、面会させることになっていた。

今日お新を訪ねてきたのは、娘のおてるだった。

娘といっても、おてるはお新の義理の娘だと聞いている。

お新の夫は紅《べに》や白粉《おしろい》を商っている『紅屋《べにや》』の松之助《まつのすけ》といい、二年前に女房を亡くし、お新は一年前に後妻に迎えられたばかりであった。

お新が駆け込みをしてきた理由は、先妻の幽霊に毎夜悩まされて、それで、いたたまれなくなって離縁したいと松之助に申し入れたが、聞き入れてもらえなかったために駆け込んできたのである。

お登勢は、おてるがお新を訪ねて橋屋の玄関口に立った時、おてるを一目見て啞然とした。

まだ十五、六だと思われるのに、おてるは女郎のように厚く白粉を塗り、はやりの笹紅《ささべに》をべったりと唇に置き、爪には爪紅《つまべに》を刷《は》いて、言葉にも身なりにも、荒れた雰囲気が漂っていた。

お登勢は、なんとなく不安を覚えた。

そこで、お新一人で面談させるのもどうかと思い、またお新の駆け込みの原因を知る上でも、面談にはお登勢と十四郎が傍につくことにしたのである。

案の定、おてるは、お新に会うなり、冷たい目で睨み据えた。

おてるは開口一番、

「ふん、どこまで紅屋に迷惑かけるんだか……」

そう言ったのである。

その言葉で、部屋の空気は凍りついた。

おてるは、お登勢や十四郎に聞こえよがしに話を続けた。

「おっかさん。いいや、もう、あんたは、おっかさんなんかじゃない。こんなところにしけ込んで、おとっつぁんを困らせて……言っとくけどね。あたしもおばあちゃんも最初から、あんたが母親になるなんて、まっぴらごめんだったんだ。あんたのような醜女《しこめ》がさあ、紅屋の女房だなんて、それだけで、店は潰れちまうというもんだ」

「おてるちゃん」

俯いて聞いていたお新が、悲しげな顔を上げた。

お新の顔は陽に灼《や》けたように煤《すす》黒く、三十五歳と聞いていたが、一見五十路に入った女かと思われるほど顔色が悪かった。

お新の顔が全体に醜く見えるのは、もともとの器量もあるが、それよりも、肌の荒れが原因のようだとお登勢は思っている。

「そうだろ。おとっつぁんがどうしてもっていうから、あたしたちは仕方なく同意したんだ。でも、ほら見てみろっていいたいよ。あんたのせいで店は左前。何もさ、こんなところに仰々《ぎょうぎょう》しく駆け込まなくったって、別れたければ、どっか遠くに行くか、死ねばいいんだ」

おてるは毒づいた。

「お待ちなさい。おてるちゃんといいましたね。あなたは、仮にも母親に対して、なんという口の利き方をするのですか」

お登勢が、見兼ねて口を挟んだ。

するとおてるは、着物の前をぱんっとはたいて両足の間に裾を挟み込むようにして、お登勢の面前に片膝立てると、

「おばさん。あたいがこんなになったのは、この人のせいなんだから」

と言う。

「お新さんのどこが、お嬢さんをそのようにしたというのですか」

お登勢の口調は厳しかった。小娘に強気に出られたといって、ひるむお登勢ではない。

「ふん。あんたには関係ないよ」

「そうは参りません」

「あたいは、この人に話があってきたんだから。おばさんは、ひっ込んでな」

「おてる！」

腕を組んで、見守っていた十四郎が一喝した。

すると、お新がお登勢と十四郎の前に手をついた。

「申し訳ありません。皆様、どうぞ、お許し下さいませ。この子は本気でこのようなことを言っているのではありません。本当は気の優しい娘でございます」

「お新さん」

「ご心配して下さるお気持ちは嬉しいのですが、どうぞ、ここは、この子と私だけにしていただけないでしょうか」

「ふん」

おてるは、その言葉を待っていたかのように、お登勢と十四郎に冷ややかな目をくれた。

手をついたまま、哀しげな目で見詰めてくるお新を見て、お登勢は溜め息をつきながら、

「お新さんがそれで良いのなら、そうしましょう……十四郎様」

十四郎を促して、部屋の外に出た。

お登勢は、目配せをして、十四郎だけ階下に下ろし、自分は廊下に蹲《うずくま》った。

「なんだい、あいつらは」

おてるが、廊下に向かって毒づく声が聞こえてきた。

お登勢は、じっと耳を傾けた。

「おてるちゃん、何しに来たの。私にあんな事を言うために来たの」

お新の声だった。声はか細く、遠慮した物言いだった。

「金だよ、金」

おてるが、威嚇するように言い、お新の傍に寄る気配がした。

「お金?」

「そうだよ。持ち出してんだろ、店の金」

「いいえ。ここに持ってきたのは、旦那様と一緒になるまでに貯めた私のお金です。お店のお金はびた一文、持ってきていません」

「嘘をつくんじゃないよ。おばあちゃんが言ってたんだから、お新は店の金を持って出たって」

「いいえ。それは勘違いです」

「つべこべ言わずに出しゃあいいんだって……出せよ」

しばらくの沈黙の後、布の擦れる音がした。どうやらお新が、帯の間から財布を取り出している音のようだった。

「あっ」

お新の叫びが聞こえたと思ったら、襖が乱暴に開き、おてるが手に財布を握って、飛び出して行った。

「くっ……」

お新の忍び泣く声が、聞こえてきた。

「まったく、どうしようもない娘だな、おてるは」

十四郎は、夜食の後の茶を喫しながら、お登勢に言った。あんな娘がいたんでは、後妻に入ったお新の苦労が知れるというものだと、先ほどの母子のやりとりを思い出していた。

お登勢も同じ気持ちだったようで、茶碗を手にして何かを考えているようだったが、茶碗を置くと、

「お新さんが、駆け込みをした原因ですが、先妻の幽霊が出て、怖くなったって言っていましたが、案外、おてるちゃんのことが、重荷になっていたのかもしれませんね。噂で、相当なやんちゃさんだと聞いていましたが、あれではお新さんでなくても嫌になりますよ」

開いた口が塞がらないというような顔をした。

「その幽霊ばなしだが、本当に出たのか」

「ご亭主の松之助さんは、知らないって言うんです。どうやら、幽霊騒ぎはご亭主のいない日に限って起きるらしくって、だからお新さんは、余計に恐ろしいんだというのですが……」

「ふむ」

「確かに、先妻のお滝《たき》さんは、お新さんを快く思っていなかったといいますか

ら」

「なぜだね。話を聞いたところでは、お滝という人は、たいそうな美人だったというではないか。俺が知るところによると、女子が嫉妬《しっと》を覚えるのは、自分より姿形が美しい女子に対してだと聞いた。そういう事から言えば、お新は、俺の口から言うのもなんだが、決して美しいとは言えんぞ」

「十四郎様。十四郎様にはこのところ、他のご用をお願いしていましたから、お話ししておりませんでしたが、お新さんは、今日の今日まで『紅屋』を支えてきた人なんですよ」

「お新が……」

「ええ。お新さんは、紅屋さん専属の白粉師でした」

「白粉師……」

「ええ。白粉屋さんには、なくてはならないお人なんです」

白粉は近年の水銀を原料にした軽粉《けいふん》と、鉛《なまり》からとる鉛白《えんぱく》があるが、いずれも原料の良し悪しに始まって、出来上がった粉の粒子の良し悪しなどを見極めた上で値段を決定して販売する。

女たちは古来より色の白きをよしとし、肌にぴたりとなじみ、より色白に見える白粉を求めてきた。

近頃は特に、顔や首筋、胸ばかりか、手足や股のあたりまで化粧を施す女たちも増え、白粉の良し悪しで、店の盛衰が決まってしまうといった業界内の競争は熾烈《しれつ》を極めていたのである。

白粉を入れる畳紙《たとうがみ》でさえ、役者絵や小野小町《おののこまち》絵や牡丹《ぼたん》などの花の絵をあしらって販売する。包みに施す絵柄でさえ、商品の評判を左右するという過熱ぶりなのである。

中でも、白粉師紅師の腕は、店の経営を左右する重要な要《かなめ》である。

そのために、どこの店でも、腕のいい紅師白粉師を取り込もうとしてやっきであった。

お新は、ずっと紅屋の白粉師として、紅屋の商いの屋台骨を担ってきた女だったのである。

「ほう、そんな腕を持っているのか、お新は……」

「ええ。お滝さんというお人は、私も何度か見掛けた事がございますが、確かに美しい方でした。でも、お店の商品については、お新さんに頼らざるを得ないわけだったのですから、夫の気持ちが、お新さんに向いているのではないかと不安に思っていたのかもしれませんね」

「そんな事情があって、お新もよく紅屋に入ったものだ」

「そうなんですよ。今まで一人で立派にやってきたお人なんですよ、お新さんは……別に紅屋さんに後妻に入らなくても一人で生きていける人だったんです。そんな人が、なぜ、紅屋の後妻さんに入ったのか……」

「まさか身代《しんだい》が目当てではあるまいな」

「紅屋は、借金漬けのようでございますよ」

藤七の声だった。藤七は、今帰りましたと、茶の間に顔を出すと、

「お民に聞きましたが、たいへんだったようですね」

二人の前に膝を揃えた。

「藤七、紅屋が借金漬けとはどういう事だ」

「はい。今この江戸で、紅白粉で一人勝ちしているのは『玉屋《たま》』さんですが、その玉屋から商品を仕入れている小間物屋の『旭《あさひ》屋』の番頭さんの話によれば、今年の春の新作見本市で玉屋さんが、圧倒的な力で人気をとって、今まで他の紅白粉屋に注文していた小間物屋が、こぞって玉屋さんとの取引に変更したというのでございます。紅屋はそのあおりを食って、店が左前になったという事です」

原因は、今年の見本市の場合は、紅白粉の商品の良し悪しもさる事ながら、紅や白粉を入れる小道具で勝負がついたというのであった。

近頃の女たちは、年々小道具に凝《こ》るようになってきている。

例えば、家庭の中では紅は紅猪口《ちょこ》や紅皿に入れる。

白粉は畳紙に入っている白粉を買ってきて、陶器でできた二段重《かさね》、三段重の入れ物に入れている。

これらの家庭に常備しておく紅猪口、紅皿、三段重などは、裕福な者は裕福なりに、伊万里《いまり》焼の猪口や皿、塗りや蒔絵《まきえ》の重箱などを使っているし、一般の女たちはそれなりの安価な容器を使っている。

贅沢《ぜいたく》をすればきりがない家庭に置く容器については、人の目に触れることがないだけに、白粉の販売に多大に拍車をかけるという程の物ではなかった。

ところが近頃相次いで販売され始めた携帯用の化粧道具は、薄い箱型に白粉、紅、紅筆、刷毛《はけ》などが納まっていて、しかも手にのるほどの小型の物だから、どこへでも携帯できるという利点があった。

携帯可能ということは、大いに人の目に触れることになり、女たちの虚栄心をあおることになったのである。

この携帯用化粧箱は、象牙や金属や木の材質に、透かし彫りや蒔絵を施した物などが出現し、女たちは小箱の色や形や豪華さで化粧品を買い求めるようになったのである。

紅白粉の良し悪しに加えて、入れ物も重要な役目を担うことになったという訳である。

玉屋は、そういった女の心理に目をつけて、新しい意匠《いしょう》を凝らした商品で勝負に出たというのであった。

その年の流行をいち早く摑んで売り出した店が、一人勝ちしてしまう状況に商いはあった。

「もちろん、紅屋さんでも、お新さんの考案で新しい携帯用化粧箱を出品したらしいのですが、まったくよく似た化粧箱が玉屋さんからも出て、同じ豪華さなら玉屋の方が価格が安いという事で、競《せ》り負けたのでございます」

「ふむ。すると、おてるがお新に言っていた、あんたのために店は左前になったというのは、そのことか」

「おそらく……しかし、巷《ちまた》では、紅屋のお新さんの考案が盗まれたのではないかと噂していているようでございます。ですが、盗まれた方が不覚をとったと言われるだけでございますから、紅屋さんの負けは負け、ということになりますが……」

化粧品が特によく売れるのは、春の花見を前にした頃である。

勝ち負けの決定は、夏を迎える頃には瞭然としている訳だが、おかしいのはお新が先妻の幽霊を見たなどと言い出したのは、ちょうどその頃と符合すると藤七は言うのであった。

「藤七、じゃあ藤七は、お新さんの駆け込みの裏には、そういったお店の不振があったのかもしれないと、こう思うのですね」

お登勢が、思案げな顔を藤七に向けた。

「はい。これは私の勘ですが……」

「しかしだな。店が左前になった事を、全部お新になすりつけるのは無茶な話ではないのか。店の差配の責任者は亭主の松之助だろう」

「十四郎様、松之助さんはご養子さんなんですよ。実権は母親のお石《いし》さんが握っていると聞いています」

「ふむ。しかし、そういう事なら、なぜ別れてやらないのだ。別れてやればいいではないか」

「松之助さんには、お新さんの責任じゃない事はよくよく分かっていると思いますよ。分かっているけど母親には大きな声でいえない。だから、せめてご亭主は、離縁はしないと頑張っているのではないでしょうか」

「厄介な話だな」

「ええ……近藤様も幽霊話だけでは駆け込みを引き受ける訳にはいかない。証拠のない話だからとおっしゃっておりまして、それで、藤七に少し調べて貰ったのですが……」

お登勢は、溜め息交じりに、そう言った。

――それにしても。

お新は、そんなつらい立場に置かれながら、しかも義理の娘にああまで罵《ののし》られて、それでもおてるを庇っている。

体面を考えてああいう態度をとったというより、お新は心底おてるを心配しているようにみえた。

はたからみれば、幽霊よりも、義理の娘との不和がもっと問題ではないかと思えるのだが、お新がそのことを駆け込みの理由に挙げなかったのは、なぜなのかという気がした。

## 二

「お新がいなくなった……」

お新の亭主、松之助は驚愕して十四郎に聞き返すと、そこに座った。肩でつく荒い息づかいが、心の動揺を表していた。

十四郎は昨夜、おてるが面会にやってきた折の一部始終を松之助に話し、今朝宿の女中が朝食の膳を持って部屋に入った時には、お新の姿はもうなかったと告げた。

松之助は、膝頭を摑み、しばらくじっと考えていた。

その沈黙を破ったのは、いっとき止んでいたあぶら蟬《ぜみ》の賑々しい鳴き声だった。

庭木の茂みの中から紅屋の奥座敷を襲ってきた。

「ご亭主。お新の行き先に心当たりはないのか」

十四郎は、一点を見つめている松之助に聞いた。

「いえ……」

松之助は、弱々しく頭を左右に振った。そしてぼそぼそと何か言ったが、蟬の声に掻き消されて、十四郎の耳には届いてこなかった。

「今なんと言ったのだ」

十四郎が強い口調で尋ねると、松之助は顔を上げて、

「お新は江戸に身よりはおりません。あれは、泉州堺《せんしゆうさかい》の白粉の製造元に勤めていたのを、私がこの店を引き継いだ時に連れてきた者です」

「では、堺に帰ったのか」

それにしては、お新の部屋には、着替えや日用品がそのままになっていたと、十四郎が思い出していると、

「いえ。堺にも身を寄せるようなところはありません。五年前まで親父さんが一人暮らしをしていましたが、亡くなっておりますし、親戚といっても遠い親戚でございますから……」

「ふーむ」

十四郎は腕を組んだ。

正直、亭主の松之助さえ見当もつかぬお新の行き先が、橘屋に分かる筈もない。

「あの、ひょっとして……」

松之助が不安げな顔で見詰めてきた。

「ん?」

「どこかで身投げでも……いえ、お新はそんな馬鹿なことは」

松之助の頭の中は混乱しているようだった。

「別れると言ってやれば良かった。塙様、私がすべて悪いのでございます」

松之助は、ついに涙交じりの声を上げた。想像していた通り、松之助は気の弱い男のようだった。

外見は背も高く、鼻筋の通ったなかなか見栄《みば》えの良い男だが、養子という立場がそうさせているものか、どうも歯切れが悪かった。

よくこんな男が店の主として通用するものだと、十四郎が松之助の顔を見詰めていると、

「とにかく、人をつかって捜さなくては……」

松之助がきっと顔を上げた時、襖がすらりと開いて、隣室から白髪の髷《まげ》を結った老女がすいと入って来た。

老女は顔に薄く粉を刷き、梅幸茶《ばいこうちゃ》に黒繻子《じゅす》の帯を締めていた。

若い頃には、さぞかし美形であったろうと思われる顔立ちだったが、目の配りや表情の造りに底冷たさを秘めた人だと十四郎は即座に思った。

ああ、この人が、この店の実権を握っているお石という義母かと十四郎が見迎えると、案の定お石は、十四郎には冷たい目礼をよこしただけで、突っ立ったまま、松之助に向かって言った。

「松之助、その必要はありません」

「だっておっかさん、それではお新が……」

「まだ目が覚めないのかね、お前は。自分から消えてくれたのなら、好都合というものです。人をつかって捜すなどとんでもない。そんなお金がうちにありますか」

お石は叱るように言うと、十四郎の前に傲然《ごうぜん》として座った。

嫁が心を痛め、どこかのみ空で途方にくれているかもしれぬのに、お石の表情には動揺のかけらもなかった。

動揺どころか、口元に冷ややかな笑みまで浮かべている。

十四郎は、ぞっとした。

お新は、こんな姑に仕えていたのかと思うと、お新の紅屋での暮らしぶりが知れ、胸がふさいだ。

「橘屋さん、ご苦労様でございました。これで離縁だのなんだのという手間が省けました。もう、おたく様にお手数をかける事もございません。これで決着という事でお願いします」

これには十四郎の方がむっときた。

「姑殿、そちらが決着といってもこちらはそうは考えてはおらぬぞ。いや、幽霊騒ぎだけでお新は駆け込んできたのかと思っていたが、なるほどこれでは、どんな女子でも駆け込みたくもなる。よろしいか。そちらが決着うんぬんをいう筋合いではないのだ。そちらに非があったと分かったときには、離縁の裁決を下すにしても、そちらから慰撫料《いぶりよう》などさまざま負担をしていただくから、覚悟をしておけ」

十四郎は厳しい口調でお石に言うと、腰を上げた。

「お待ち下さい」

きっとお石が見上げて言った。

「なんだ」

「非はお新にありますよ」

「何」

「お新には、いい人がいたのですよ。今頃は、その男のところに転がり込んでいる筈です。慰撫料など、とんでもない話です」

「いい加減なことを申すな」

「ではお調べ下さいませ」

「誰だ。その相手の名を申してみろ」

「紅師の吉三郎《きちさぶろう》さんですよ。お新はそこにいるに違いありません」

冷淡な口調だった。

松之助はたまりかねて、

「おっかさん。なんてことを言うんだね。お新はそんな女ではありませんよ」

泣きそうな声で訴えた。だがお石はきっと見返すと、

「お黙り……松之助、いい加減になさい。お新はこの家を嫌だといって飛び出したんじゃないか。お新の事など忘れて、早く、私の気にいった嫁をもらっておくれ。よろしいですね」

有無を言わさず言い据える。年輪のにじんだ美しい筈の顔が、山姥《やまんば》のように見えた。

――醜い……。

と、十四郎は思った。

十四郎は、お石の顔を見据えて後、廊下に出た。

を折っていた。

「塙様……」

呼び止められて振り向くと、松之助が廊下に出てきて、縋るような眼をして腰

紅師吉三郎は、新右衛門町《しんえもんちょう》の仕舞屋に住んでいた。間口二間ばかりの店先には、様々な紅が並べられていた。

十四郎が訪ねた時には、店の奥で弟子二人とともに、保存してある紅を猪口や紅板に塗り付けていた。

紅の原料は紅花《べにばな》だが、唇が玉虫《たまむし》色に光る笹紅は「紅一匁《もんめ》は金一匁」といわれるほど高価な品である。

「ここではなんですから、奥にどうぞ」

吉三郎は弟子たちに仕事の手順を念を押して、十四郎を奥の小座敷に上げた。

小座敷の前には二間半四方程の庭があり、前垂れや下帯が干してあった。

吉三郎は、慌ててそれを取り込んで、隣の部屋に押し込んだ。

そして、十四郎の前に座った。

「うちは弟子も男ばかりで、何のおかまいもできませんが」

「いや、気遣いは無用でござる」

十四郎は答えながら、吉三郎は信用に足る人間だと素早く観察していた。

色白の見栄えのいい男だが、きりりとした目元には心肝《しんかん》の据わった紅師として
の気構えが見えた。

お石がせせら笑って名指しした男の印象とは、似ても似つかぬ男だった。

十四郎が手短にお新の話をすると、

「あの、お石ばあさんが、そんなことを言っていましたか」

吉三郎は、ふっと笑った。

「ご覧の通り、弟子が二人いる他は誰もおりません。勝手にどこでも捜して下す
ってようござんすが、お新さんはここには来ておりませんよ」

「いや、家捜しする必要もないだろう。念のため訪ねたのだ」

「困ったものですな、あのばあさんには……おい、お茶を持ってきてくれ」

吉三郎は、十四郎に信用されてほっとしたのか、店先に向かって呼んだ。

まもなく、まだ十五、六かと思われる男子が、あぶなっかしい手つきで、茶を
運んできた。

吉三郎は茶を十四郎に勧め、自分も喉を潤して後、

「気の毒な人です。お新さんは……」

しみじみと言った。

「あのばあさんが私の名を出したのは、私が昨年まで紅をあそこに卸していましたから、それで言ったのでしょうが、あのばあさんは、その場その場で自分を有利に置きたいばっかりに、口から出任せを言うんです。私も長いつきあいでしたが、紅屋さんには悪いが玉屋さんに乗り換えました」

「では、お新のことは」

「そうですね。十年来のつきあいです。私とお新さんは年は似たり寄ったりですが、私が紅師として立った時には、既にお新さんは白粉師としてやっておりましたから、仕事の上ではお新さんが先輩です」

「十年来のつきあいなら、お新がどこに今いるか見当はつかぬか」

「わかりません。お新さんは口数の少ない人ですから。紅師白粉師が集まったりする時も、あんまり自分のことは話さない人でした」

「そうか……」

十四郎は、日盛りの光線が、俄かに軒に斜めに差し込んでいるのに気づいた。

昨日とはうってかわって、今日は風が立っている。それだけでずいぶん涼しさが感じられた。

「塙十四郎様、とおっしゃいましたね」

「うむ」

「お新さんの顔があんなに荒れてるのは、なぜだかご存じですか」

「いや」

「原因は、白粉の原料である銀や鉛のせいなんです」

「まことか」

「肌にやさしく、しかも、肌にぴたりとなじみ、女たちの望みが叶う白さを備えた白粉を求めるあまり、自分の顔で試してきたその名残《なごり》です」

「そうか……そうだったのか」

「おそらく塙様も、お新さんの顔には驚かれたと存じますが、普通の白粉師は、そこまではやりません。売れればいいという考えですから……ですが、お新さんは違った。自分の肌を犠牲にして、この江戸の女たちに安心して白粉を使ってほしいといいましてね」

そんな事を知らない者は、お新は白粉師のくせに不美人だなどというが、自分たち仲間うちでは、けっしてそういうふうには見ていなかった。そう言った。

お新は仕事熱心で、控え目で気立ての優しい女だと、仲間は皆思っていた。だからお新を、嫁にしたいという者もいたが、お新は男には興味をまったく示さなかった。

お新はよほど松之助だけは信頼していたのか、義理を感じていたのか、多くの紅師白粉師たちが、何軒もの卸元や白粉屋と契約するのに、お新はひたすら、紅屋のためだけに働いてきたのだと吉三郎は言った。

「紅屋に後妻に入った時には、びっくりしましたよ。お新さんも男に興味があったのかとね……実を言いますと、あっしも、お新さんに憎からぬ思いを寄せていた者です」

吉三郎は苦笑した。そしてまた言った。

「紅師がこんな事を言っちゃあいけませんが、女の値打ちは見た目の器量じゃありません」

「うむ」

意外な事を言うと思った。女の美をいかに引き出すか、その技術を駆使している者が、女の魅力は別のところにあると言ったのである。

「もちろん、外見が美しいに越したことはないのですが、そんなものはすぐに色褪《あ》せてしまいます。お新さんは寡黙《かもく》な人ですが、人としての美しさを持った人でした。紅屋だって、あのお新さんが専属で白粉師をつとめ、ずいぶんと助かってきたんですよ」

お新は、鉛白粉におしろい花の種子や澱粉《でんぷん》を調合したりして、肌にやさしい白粉を目指していた。

軽粉や鉛白粉ばかりに頼ると、体によくないと言っていた。

自分の顔に調合した白粉を施して、より安全な白粉を目指したばかりに、お新の顔は荒れてしまったのだと、吉三郎は言った。

「紅屋がそのお新さんをないがしろにするなんて、お新さんでなくても家出の一つもしたくなりますよ……塙様、お新さんを早く捜し出してあげて下さいまし。あっしからも宜しくお願いします」

吉三郎は、律義に膝を揃え直して、頭を下げた。

三

「えっ、あの人、いなくなったんですか。おばさん、あたいに嘘ついてんじゃないだろうね」

おてるが橘屋の玄関口に再びやってきたのは、翌日のことだった。

「ちょっと、こっちに来なさい。話しておきたい事がありますから」

お登勢は、おてるの袖を引っ張った。だが、おてるは、

「いなきゃあしょうがないか……じゃあ、おばさん、立て替えてくれるかな」

けろりとして言った。

「何を」

「お金……いろいろと借り、つくっちまってさ」

おてるは、蓮っぱな物言いをした。

「なんの借りです」

「だから、いろいろだって。ちょっと、あんたから言いなよ」

おてるは、後ろを振り返った。

すると、両袖に手をつっこんだ男がふらりと入ってきて、暗い顔でお登勢の前に立った。

「すまねえが五両、出してくんな」

「五両……」

　お登勢は、男とおてるの顔を交互に見遣ると、

「訳の分からないお金を立て替えるなんてできません」

　ぴしりと言った。

「おてるがゆんべ、賭場でつくった借金だ。立て替えて貰えねえのなら、おてるは女郎屋に売られちまうが、それでもいいんだな」

　男は、口元に冷笑を浮かべていた。

「おてるちゃん、おうちに帰っておとっつあんに相談するんですね。ここは、あなたの遊びのお金を用立てるところではありません」

「だから、後であの人に返してもらってよ」

「おてるちゃん……こんな男の人とかかわりあうのは、おやめなさい」

「なんだと……よう、言ってくれるじゃねえか。おとなしそうな顔してよ……口で言って分からねえのなら」

　男は、三和土に置いてあった雑巾掛けの水桶を蹴っ飛ばした。

「ああっ」

　覗いていたお民が声を上げた。

「お帰りなさい。そんな脅しをかけても無駄ですよ」

お登勢が厳然として男を見据えた。

「野郎」

男は拳を上げるが、上げたその手が捩じ上げられた。

「何しやがる」

男は悲鳴を上げて、手首を摑んだ者を見た。

「十四郎様」

外から帰ってきた十四郎が藤七と立っていた。

「お民、縄を持ってきなさい」

「は、はい」

お民は十四郎の声に飛び上がって、奥へ走った。

と、おてるが踵を返して駆け出そうとした。

だが、そのおてるを藤七が捕まえていた。

「放せ。ちくしょう。放せ」

おてるは悪態をついた。

「藤七、この男を番屋に連れていけ。おてるは俺が紅屋に連れていく」

「てめえら、何やってんのか、分かっているのか。俺が帰らねえと分かったら、この先、どうなっても知らねえぞ」

「御託《ごたく》は番屋で言うんだな。おてる。来い」

十四郎は、おてるの腕をぐいと摑んだ。


――あれじゃあ、松之助も気持ちの休まる日はあるまい。もっとも、こういった事態を招いた責任は、松之助にある。

十四郎は竈《かまど》に薪をくべて、火の上がるのを見詰めていた。

冬場はまとめて飯を炊くが、夏は単衣《ひとえ》に衣替えするころから、その日に食する分だけを炊く。

長屋の斜め向かいに住むおとくに教わったものだが、それでも時折、外食が重なったりすると、飯は釜の中で異臭を放つことになる。

――少し硬めに炊いたほうがいいな。

火の加減をみながら、そう思った。

だが、飯の心配はそこまでで、十四郎の脳裏には紅屋の一件がまた、思い起こされてきた。

おてるを南伝馬町《みなみてんまちよう》の紅屋に送っていったのは昨夕のことだった。

松之助は何度も腰を折って礼を述べたが、お石は冷たい目を投げてきただけだった。

松之助の話によれば、おてるがぐれ始めたのはずいぶん前からだが、特に半年前からはいつ出ていって、いつ帰ってくるとも分からず、お新はせめて食事を家族と一緒に摂るように勧めたが、おてるは聞く耳を持たなかった。

もともと、わがままに育てられてきたため、幼い頃から手を焼いていたが、お新が後妻に入り、姑のお石との軋轢《あつれき》が際立ってきたあたりから、おてるの言動の粗暴さに拍車がかかった。

おてるの乳母が郷里の鶴見《つるみ》宿に帰っていった事も、おてるの心を不安にさせたのかもしれない、と松之助は言った。

確かに、十四郎が垣間《かいま》見たところ、新しい母、店の危機、乳母との別れ、家庭の中の不和と、多感な年頃のおてるにはさまざまに心を悩ます事もあっただろうが、それより、外で放蕩《ほうとう》して帰ってきたおてるを、誰も叱らない事が問題ではないかと思った。

松之助の態度は、いかにも弱腰だったし、お石には孫が帰ってきたという喜びすら見えなかった。おてるを枠の外から眺めているような、そんな感じに受け取れた。

要するに、本当の意味での父の、あるいは祖母の愛が、おてるに向けられているとは思えなかったのである。

それから見れば、お新は、おてるに金を強請られはしたが、真剣だった。おてるの荒れた生活を、心底悲しんでいるようにみえた。

紅屋は、家族とは名ばかりで、みんなばらばらのような気がして、どこにも絆が感じ取れなかったのである。

不思議に思ったのは、ちょうどその時店にふらりとやってきた、お馬《うま》という女に、お石が異常なほど愛想を振りまいたことである。

もっとも、お馬に愛想を振りまいたのはお石だけで、おてるは目もくれなかったし、松之助もすぐに店の棚に行き、いかにも仕事中だといわんばかりの態度をとった。

妙な雰囲気だと思いながら店を出ると、手代の与助《よすけ》が走り寄ってきた。与助は風呂敷包みを抱えており、得意先に回るのだと言ったが、十四郎の横に並ぶと、

「おかみさんは、ああ、うちではおかみさんといえばお石様のことでして、先妻のお滝さんはお滝様、お新さんはお新様と呼んでおりますから」

と断って、

「で、おかみさんですが、あのお馬という人を、旦那様のお相手にお勧めしているのでございますよ」

と言ったのである。

「ほう、もう次の相手をな」

「でも、私はお馬という人はあまり好きではありません」

と顔をしかめた。

「どこの女子だ」

「おかみさんの三味線のお師匠さんですよ。実を申しますと、あのお馬さんが家に出入りするようになった頃から、幽霊が出るようになったんです」

「幽霊……お新から聞いているが、本当に出たのか?」

「はい。確かにあれは、お滝様の幽霊でございました」

与助は、思い出してもぞっとするというように、身震いしてみせた。

盆の入りの頃であった。

与助はお新に呼ばれて、幽霊を見るのは私だけなのかどうか確かめてほしいと言われたのである。

その晩は、松之助が取引のある小間物屋を招いて、根岸《ねぎし》の料理屋で接待すると言い、家を空けた晩だった。

お新はお石にも店の者にも内緒で、与助と女中のおつねに自分の寝間で待機させ、お新は隣室でそのときを待っていた。

蒸し暑い晩だった。

行灯《あんどん》の灯を消して、庭に面した障子に映る月の光を頼りにして、二人は部屋の真ん中でじっと座っていた。

与助がうとうとしはじめた時だった。

遠くで犬の遠吠えが聞こえたような気がして、はっと目をあけると、おつねが与助の腕を引いていた。

おつねは「あわあわ……」と言葉を失って、障子を指差して震えていた。

「もう、腰が抜けるほどびっくりいたしました。髪の長い女の人が、廊下をいったりきたりするのが障子に映っていたのでございます。間違いなく、亡くなられたお滝様でした」

与助は、立ち止まって、今幽霊を見てきたような怯えた目を十四郎に向けた。

「お新の妄想ではなかったと申すのだな」

「はい」

「しかし、先妻だとどうして分かるのだ。見たのはただの影だろう」

「お滝様は、これは家の者でなければ分からない事ですが、幼い頃に階段から落ちて、それがもとで足を少し悪くなさいました。その後遺症が大人になっても残ってまして、ほんの少しですが足を引きずる癖がありました」

「ふむ」

「で、おつねさんがぎゃーって叫びましてね。私も腰が抜けていたのですが、這《は》っていって戸を開けましたら、消えていたのでございます。おつねさんは、その事があってから、店をやめたのでございますよ」

「なるほど、幽霊話は本当だったというのだな」

「はい。お新様が恐ろしくなって家を出たくなるのは当然です。そうでなくても、おかみさんに、お菜《さい》の味付けからご飯の炊き方、日常のこまごました事まで厳しく責められて、おまけにおてるお嬢様があのような状態で、お新様は、心の休まる暇などなかったと思います」

与助はそう言うと、十四郎をじっと見て、

「これは私の考えですが、すべての原因は、あの、お馬さんのような気がしております」

と言った。

与助の話は作り話とは思えなかった。よほど怖い思いをしたものか、十四郎を追いかけてきたのは、得意先に行くというよりも、幽霊話を聞かせたくて、店を出てきたようだった。

幽霊の話といい、お馬という女の話といい、考えてみれば、それらがすべて、商いがうまくいかなくなった頃だというのが、十四郎はひっかかった。

「旦那、焦げてるじゃないか」

おとくが飛び込んできて、十四郎を突き飛ばすようにして、竈の火を掻き出した。

「すまん。つい考え事をしておったのだ」

「まったく、これだから」

横目で睨んで、釜の蓋を取った。

白い煙と一緒に、焦げた匂いが一面に立ち込めた。

「あ〜あ。しっかりしとくれよ、旦那」

おとくは腰に手を当てて、十四郎をぎゅっと睨んだ。

# 四

「お新、しっかりしておくれ」

松之助は、柳庵の診療所に駆け込んでくるなり、眠っているお新に取り縋って、お新の名を呼んだ。

「紅屋さん。お内儀は、しばらくお薬で眠っていますから、そっとしておあげなさい」

柳庵が注意をすると、

「助かるのでございますね」

縋るようにして聞いてくる。

「体中に傷を負っています。幸いといってはなんですが、命には別条ないと思いますから」

「ありがとうございます。どうぞよろしくお願いします」

松之助は柳庵に手をついた。

「紅屋さん、ちょっと」

　お登勢が、松之助に頷いた。

　松之助はそれで、自分の他に、お登勢や十四郎がいたことに気づいたようだった。

「これは塙様も……お新は、どうしてこのような目に……」

「その事だが、お新は和泉橋《いずみばし》でやくざな男二人に襲われたようだ。和泉橋の南側はご存じのように、武家地だ。日が暮れると、あのあたりは人目につきにくいという事もあったと思うが、町方の調べでは、どうもお新は尾けられていたようだぞ」

「お新が、やくざな男たちに……」

「心当たりはないか」

「はい」

　と松之助は返事をしたものの、不安そうな表情を覗かせた。

「すると、考えられるのは、おてると関係ある男たちに襲われたのかもしれぬ」

「おてるの……まさかそんな」

「松之助」

「はい」

「おてるが町のごろつきどもとつきあっているのは、お前も知っているな」

「……」

「先だっても、やくざな男が橘屋におてるとやってきて、このお登勢殿に金を出せと脅したのだ。その男は、南神田一帯の路上商いや賭場の出入りに睨みをきかしているやくざの五郎八《ごろはち》の子分だった。本人が吐いているから間違いない」

「あの、それとお新の怪我と関係があるとおっしゃるのでしょうか」

「そうだ。北町の調べでな。お新は、あの辺り一帯の賭場をかたっぱしから当っていたというぞ」

「お新が賭場を」

「おそらく、おてるを捜し歩いていたに違いない」

「……」

「お新は、これ以上おてるが悪所に通わないよう、体を張って阻止しようとした。だから襲われたのではないかと俺は思うぞ」

「塙様……」

「お前と別れようとしているお新が、そこまでおてるの事を考えているというのに、お前もお石も、おてるにあまりに無関心ではないか。だから、おてるが暴走するのだ。なぜ、腫れ物に触るように扱うのだ。おてるはお前の娘ではないか」

「……」

「松之助さん。十四郎様のおっしゃる通り、私もそのように思いますよ。あなたがしっかりなされば、様々な問題は解決するのではありませんか。お新さんと別れたくないとおっしゃるのなら、なおさらです」

「お登勢様……」

松之助は顔を上げた。苦渋に満ちた目で、お登勢と十四郎を見詰めていたが、決心をするように頷いて、

「実は、おてるは、お新の子でございまして」

「お新さんのお子……」

お登勢は驚いた顔を、十四郎に向けた。

「おてるは、その事を知っているのか」

十四郎も唖然として聞く。

「いえ。これは、私とおっかさんの他には誰も……」

松之助が紅屋の一人娘、お滝の婿養子となってまもなくの事だった。

まだ紅屋の先代、お石の夫卯兵衛《うへえ》も健在だった頃の話だが、松之助は泉州堺の

鉛白粉の製造元に修業に出されたのである。

松之助はほっとしていた。

お滝のわがままに、ほとほと嫌気がさしていた。

婿養子になったのも、卯兵衛が松之助の叔父に当たり、卯兵衛のたっての願いでお滝と夫婦になったのだが、卯兵衛も婿養子の身分であったため、松之助は当初から、お石にもお滝にも、頭が上がらなかったのである。

当然、夫婦になって半年経っても、お滝の腹に子ができることはなく、それがまたお石の機嫌を悪くした。

仕事も半人前、亭主としても半人前だとお石は平気でそんな事を言った。それも叔父の前で言うのである。

叔父の卯兵衛は、自分ばかりか甥っこの松之助が誹謗《ひぼう》されるのを見兼ね、

「お前も、女どもを見返してやりなさい」

と、松之助を堺に送り出したのである。

堺の製造元での修業は半年ばかりだったが、そこで松之助はお新と出会った。

お新は製造元でも頼りにされている白粉師で、白粉のなりたちについて、松之助に伝授したのがお新だった。

お新は器量はそこそこだったが、気立てがよかった。

つくづく松之助は、お滝との違いを身に染みて知った。

やがて二人は、人目を忍んで会うようになり、松之助の修業が終わるころには、お新の腹には子が出来ていたのである。

松之助は一大決心をして、叔父にお新の存在を文で告げた。養子縁組を解消してもお新と一緒になろうと腹を決めていた。

ところが叔父は、子は紅屋の子として育てればいいし、お新はできれば紅屋の白粉師として勤めてくれればいいのだと言ってきた。

お新は、松之助の傍にいられれば、それでもいいと承諾してくれたのである。

案の定、その後お滝に子ができることはなく、おてるは紅屋の大切な一人娘として育てられた。

お石もお滝も、店のことを考えれば、おてるを認めない訳にはいかなかったのである。

ただ、お石もお滝も、紅屋の娘としておてるを育てるのなら、お滝の子として育てること、どんな事情が生まれてもお新の名は出さないという約束を、叔父の卯兵衛にも松之助にもさせたのであった。

一見それだけ、おてるの先々を考えてくれていたようにもとれるが、実際は自分たちの立場を揺るぎないものにしておきたいがための姑息《こそく》な考えだったのである。

以後、お新もその約束を守り、紅屋の白粉師として店を盛り立ててきた。だがお滝が死んだ時、松之助は、今度こそお新を堂々と女房にしようと決めて、お石の口を封じ込めた。

お石はその腹いせに、おてるがお新に反抗するように仕向け、店がうまくいかなくなったところで、突然お馬という女と一緒になれと言い出したのだ。

お石の話によれば、お馬は持参金三百両を持って来るのだという。

「おっかさんは、それで店の立て直しができると、こういうのです」

「勝手な言い分だな、お石の話は……」

「はい」

「お馬という女は、よほどお前を気に入っているのか」

「いいえ、まさか。おっかさんが店に連れてきて、初めて会ったような訳ですから……」

「妙な話だな」

「はい」

「妙だといえば、幽霊話もそうだ」

十四郎は腕を組んだ。

与助の話を思い出していた。

与助は、お馬の話が出たあたりから、お滝の幽霊が出るようになったのだと言っていた。

紅屋の騒動の鍵は、お石とお馬にあるのではないか——。

十四郎が思案の顔をお登勢に向けると、お登勢もきりりとした目で、頷いてきた。


「お登勢殿」

十四郎が三ツ屋を覗いた時、お登勢は錆浅葱《さびあさぎ》色の薄物の小袖の上に緋《ひ》の色の襷を掛け、長い裾《すそ》もしごきで上げて、台所方で陣頭に立っていた。

白い腕を袖口から露《あらわ》に出して、額には汗が光っていた。

高揚しているのか、頰や襟からのぞく胸元が桃色に輝いている。

立ち働いているお登勢もまた美しいと、十四郎は思わず笑みが零《こぼ》れそうだった。

「金五は来ているか」

十四郎が尋ねると、お登勢は帯に挟んでいた手巾をとって、汗をぬぐいながら、

「二階でお待ちです。私も参ります」

言いながら、襷もとって、

「後はお願いします。それから、お茶、頼みますね」

と言って、いそいそと十四郎の後に従った。

二階の座敷には、金五と藤七が向かい合って座っていた。

「よう。おふくろの具合が悪くて、家に帰っておったのだ。俺の留守に大変だったようで、すまん」

金五は、照れくさそうに断りを入れた。

そういえば、お新の一件では、一度も金五は顔を出してはいなかった。

「大事ないのか」

十四郎は、座りながら聞いた。

「なに、夏風邪だった。鬼の霍乱《かくらん》だ。女中のお初《はつ》が慶光寺までやってきて、やいのやいのと煩《うるさ》いから帰ったのだ。そしたら今度はおふくろさんが、私がこんな心細い思いをするのは、お前が嫁をもらわないからだと責めるのだ。弱ったよ」

金五は苦笑した。

「ところで、あらかた、お新については今藤七から話を聞いたのだが、藤七、続きを話せ」

と藤七を促した。

「はい」

藤七は、膝を三人に向き直すと、

「お馬という人の素性が知れました」

と、険しい顔を皆に等分に向けた。

藤七の調べによれば、お馬は中ノ橋《なかのはし》近くの常盤町《ときわちよう》の小綺麗な仕舞屋で三味線の師匠をしているが、時々四十がらみの目の鋭い男がやってくる。

この男、女衒《ぜげん》の覚次《かくじ》という男で、お馬は近隣の者には親戚の者だと言っているらしいが、どうやらお馬の情夫《いろ》だというのが、藤七の見方であった。

「覚次は俠客肌《きようかく》の男でして、神田界隈の賭場の親分衆にも顔を利かしている男です」

「そんな男の囲い者だなんて、おそらくお石さんは知らないで……。十四郎様、おてるちゃんとやってきたあの男も、その覚次という人の息がかかっているのかもしれませんね」

「うむ……」

「紅屋は今に乗っ取られるぞ」

金五が苛立たしげに言った。

「それなんですが、お馬は、昔、昔といっても卯兵衛さんの時代の話ですが、紅屋に得意先を奪われて潰れた『赤松屋《あかまつ》』の娘だそうです」

「なに……」

「卯兵衛さんはおとなしい人だったようですが、お石さんは激しい気性の人で、後ろから手をまわして、赤松屋の客足を断つという卑劣な手段を使い、お馬の両親を自害に追い込んだのでございます」

「報復ですね」

お登勢がつぶやいた。

「そんな事も知らず、お石というばあさんは、お馬を福の神のように思っていたという訳か。まったく馬鹿な話だ。十四郎、幽霊騒ぎも、お馬が関与しているかもしれんぞ」

「うむ。まあそれは、俺があたってみよう。お石も、お馬の素性を知れば、びっくりして何もかも打ち明ける気になるだろう」

「そうなれば、おてるさんだって心を入れ替えてくれるに違いありません」

お登勢が、ほっとした顔をみせた時、

「お茶をお持ちしました」

とお松《まつ》が入って来て、

「あの、紅屋の手代さんが下にみえてますが、こちらへお呼びしてもよろしいでしょうか」

と言う。

お登勢が頷くと、お松はすぐに階下に降りた。

入れ替わりに、階段をかけ上がる音がして、

「お助け下さいませ。おてるお嬢様がかどわかされました」

与助が飛び込んできた。

## 五

「これが、裏木戸から投げ入れられていた文でございます」

松之助は震える手で、十四郎とお登勢の前に一枚の紙切れを置いた。

紙切れには「おてるを預かっている。返して欲しければ五百両を用意し、酒樽の空樽の中におさめ、明日の夜の四ツ、柳橋から舟に乗り、首尾《しゅび》の松《まつ》の木の下に投ぜよ、町方に知らせたり金が用意できなかった時には、おてるの命はないと思え」とあった。

「いつ、誰が投げこんだのか、分からんのか」

「はい。誰も気づいておりません」

「そうか……おてるはいったい、いつから家を空けていたのだ」

「二晩、帰ってきておりません。今度帰ってきたら、お新のことも打ち明けようと思っていたところでございます」

「どこへ、誰と行ったのかも、分からんのだな」

「お恥ずかしいことですが」

松之助は消え入るような声を出した。

「お石さんは、どうされました」

お登勢が聞いた。

「おっかさんは、寝込んでしまいました。五百両の大金は、今の紅屋には捻出は不可能です。店を担保にして金を借りればなんとかなる額ではございますが、それだって、今日明日に二つ返事で都合してくれるところがあるかどうか……今、番頭さんに心当たりを当たってもらっているのですが、なにしろ、娘がかどわかされたなどと打ち明ける訳にもまいりませんから……うっかり打ち明けて、そこから話が漏れでもしたら、おてるの命が……」

松之助は、涙交じりに訴える。

十四郎は、溜め息をついた。

あのおてるの行状《ぎょうじょう》を野放しにしていれば、いつかはこんな事も起こるのではないかと思っていた。

とはいえ、見せ金でもいい。つくらない事には、脅迫してきた相手と取引もできぬ。その金もできぬという。

紅屋は、とうとう取り返しのつかぬところまで来てしまったのだ。

十四郎は腹立たしい思いで、目の前にいる松之助を見た。

残暑の残る紅屋の座敷に、赤く焼けた西の空から残照が差し込んで、悄然《しょうぜん》として座る松之助の横顔に不安な影を落としていた。

「旦那様、灯をお持ちしましょうか」

与助が廊下に蹲って聞いてきた時、慌ただしい足音が近付いて来て、与助の横に膝をつくと、

「旦那様……」

手をついたまま、男は無念の表情で頷いてみせた。どうやらこの店の番頭のようだった。

「番頭さん、駄目だったのか」

松之助が、番頭の傍によって、摑みかからんばかりにして聞いた。

「申し訳ありません」

「『藤田《ふじた》屋』さんには行ったのか」

「はい」

「じゃあ万年屋さんはどうだった。少しは融通してくれると」

「旦那様……」

番頭は哀しげな顔をして、首を振って否定した。

「何、万年屋さんも駄目だというのか。三年前に、うちが助けてやったじゃないか」

「足元を見られて……五百両はとてもとても」

「なんと……」

松之助は、膝を叩いて、そこに座った。

「おてる……」

絞り出すような声を上げた。

その時である。

「紅屋さん。そのお金、橘屋が用意いたしましょう」

お登勢が凜然として言った。

「橘屋さんが……」

驚愕して、松之助が顔を上げた。

「そうです」

「しかし、それでは」

「おてるさんの命には代えられません」

「ありがとうございます。恩に着ます」

松之助は、畳に頭をすりつけた。

「誤解してもらっては困りますから申します。私は、紅屋さん、あなたやお姑さんのためにというのではありませんよ。お新さんのために立て替えます」

「はい。それはもう」

「それから、お金はうちの者が紅屋さんに代わって運びますが、よろしいですね」

「いかようにも」

「お登勢殿、よいのか」

十四郎は、組んでいた腕を解いてお登勢を見た。

五百両といえば大金である。十四郎や藤七が運ぶにしても、必ず取り戻せるとは限らない。もしもの時には、どうするのかという不安が十四郎にはあった。

「十四郎様。お新さんはうちに駆け込んできたお人です。その人のためにお金を融通するのです。もしも用立てしたお金が戻ってこなかったその時には、それはそれ、そう思うしかありません」

「お登勢様……その時には、この店を売ってもお支払い致します」

松之助は、お登勢の器量に圧倒されたようだった。

「そうと決まったら、私も一言お石さんにお話ししておきたいことがあります。お石さんの部屋に案内してくれますね」

お登勢は立って、松之助を促した。

既に、先ほどまでこの部屋に残っていた余光も西の空に落ちていた。
慌てて与助が点した行灯《あんどん》の灯が、黄昏《たそが》れた紅屋の座敷を瞬く間に包み、裾を捌いて松之助の後を追う、お登勢の白い足を見送った。

「塙様。この小屋でございますね」

紅屋の手代与助は、両国橋東詰に小屋掛けをしている『幽霊屋敷』の前で十四郎を振り返った。

小屋の回りには、河童や入道や、ろくろっ首や傘のおばけなどの絵が賑々しく掛け回してあった。

中でも恐ろしげに見えるのが、顔面がつぶれた女の幽霊の立ち姿である。
幽霊『るい』と名をうってあり、下総国《しもうさ》で実際にあった事件で、夫に殺されたるいが、夫の再婚相手を次々に取り殺すという嫉妬に狂った幽霊の姿だと書き散らしてある。

子供たちも若い女たちも、るいの絵姿の前に立つと、悲鳴を上げて、同道者に縋りついていた。

また、木戸の回りには、地獄の業火《ごうか》で焼かれる悪人たちの絵を描いた幔幕《まんまく》が垂れ下がっており、今年の夏にずっと人気をとってきた見世物小屋の手練手管には、十四郎も舌を巻いた。

怖い物見たさの客で、木戸の前は夏の興業の最後の賑わいをみせていた。

木戸銭を払って中に入ると中は暗闇で、竹や雑木を小道の両脇に設《しつら》えてあり、ところどころに行灯が置いてあるが、行灯に張った障子紙を赤や青で染めているために、零れてくる灯の色が、赤や青の、おどろおどろしい灯を放ち、一層怪しげな雰囲気づくりを成していた。

小屋の中を歩き出した途端、奥の方から子どもたちや若い女たちの悲鳴が聞こえてきた。

十四郎は苦笑して、与助と二人、ゆっくりとした足取りで小屋の奥に向かって行った。

お新が悩まされた幽霊は、お石がお馬と結託して、お新を追い出すためにやったのだと分かったのは昨夜のことである。

そこで、お登勢が、お馬の素性をお石に話したところ、お石は愕然として、白状したのであった。

お石は、お馬が持参してくるという金に目が眩《くら》み、店を立て直すためには、なにをおいても、お馬を松之助の後妻に迎えることだと考えたようである。

十四郎は、お登勢がお石の部屋に向かった後で、番頭と手代に案内させて、脅しの文が投げ入れられていたという裏木戸に立った。

その時、木戸の横の枯れ木の枝に、長い髪の毛が数本ひっかかっているのを発見した。

部屋に持ち帰り、行灯の灯の下で確かめたところ、絹糸《きぬいと》を黒く染めた作り物の髪だと分かった。

その時、番頭が、これは見世物小屋の幽霊が使っている鬘《かつら》の毛だと言ったのである。

見世物小屋の役者たちは厚い化粧を施すが、以前、紅屋も小屋から頼まれて、紅白粉を提供したことがあり、番頭はその時の記憶で、木戸に残されていた髪の毛の正体を特定した。

それで、十四郎は幽霊を見たと言った与助を連れて、見世物小屋にやってきた。

注意深く、一つ一つの幽霊を観察していた十四郎と与助は、前方右側の竹藪を模している一角に、青白く顔を塗りたくって白い着物を着た幽霊を発見した。

「与助」

十四郎が与助に目指すと、与助は生唾を飲み込んで頷いた。

「よし。お前はここで待て」

十四郎は言い置いて、竹藪の中に走り込み、驚いて逃げようとした幽霊の首根っこを掴まえた。

「何をする。放せ」

幽霊は、恐怖におののいた顔を上げた。

「聞きたい事がある。正直に話してくれれば何もせぬ」

「な、なんだ」

「紅屋に出た幽霊は、お前の仕業《しわざ》か」

「し、知らねえ」

「そんな事はないだろう。この髪の髪の毛が、紅屋の裏木戸に残されていた。お前の他に誰がいるのだ」

十四郎は、幽霊の腕を後ろ手にして捩じ上げた。

「や、やめろ。言うから、やめてくれ」

「お前だな」

「そうだ。だが、俺は、頼まれてやっただけだ」

「誰に……誰に頼まれたんだ」

「お馬という人だ」

「よし。お前は証人だ。一緒に来てくれ」

「へっ」

「番屋だ」

「でもここの仕事が……幽霊がいなくては」

「幽霊は、消えたり現れたりするものだ」

「旦那……」

「それとも何か、お裁きを受けて罪人になるか……そうなったら、二度とこの小屋には戻れんぞ」

幽霊は、悄然として頷いた。

六

十四郎は天を仰いだ。

先ほどまで白い光を隅田川に落としていた月の光が、時折雲に覆われるようになってきた。

まもなく、夜の四ツ（午後十時）になろうかというこの時刻に、視界を奪われては賊の追跡が困難になる。

昼間の暑熱も嘘のように放散されて川端は涼しい筈だが、川面に現れるはずの、まだ見ぬ賊をじりじりとした思いで待つという長い緊張のためか、首筋にかすかに汗の滲むのを感じていた。

十四郎と金五は猪牙舟に乗り、浅草御蔵《あさくさおくら》の四番堀と五番堀の間の、首尾の松を望める際に、五ツ半（午後九時）から張り込んでいた。

おてるをかどわかした賊が、身代金の受け渡しの場所としてきたのが、首尾の松の川面。ここに酒樽に五百両を入れ、四ツを合図に水の中に投下せよというのが賊どもの指示だった。

陸地での取引ならば、その後の追跡もやりやすい。身を隠す物陰も多数あり、こちらとしては好都合だった。

ところが隅田川上となると、姿を隠して張り込むのは難しい。

まして首尾の松は、隅田川沿い西側岸辺にある幕府の御米蔵《おこめぐら》の中ほどにあたる四番堀と五番堀の間の岸にある大木で、蔵地は頑丈な護岸工事が施してあり、首尾の松あたりで待機するといっても、待機しようのない場所だった。

御米蔵は坪数三万六千余坪の敷地に一番堀から八番堀まで掘削してあり、この堀と堀の間に、五十以上の蔵が立ち、幕領や諸藩から運ばれて来る年貢米は、隅田川から舟でこの堀割に入って、蔵に運ばれるようになっている。

当然、各々の堀割には番所があり昼夜見張りが立っているため、蔵に関係ない舟は、絶対堀の中には入れない。

賊が、取引場所にここを選んだのは、そういったことをわきまえてのことと思われた。

まさか紅屋の者たちが、堀割に潜んでいるなどと、考えてもいないに違いなかった。

「おい」

金五が川下に顎をしゃくった。

人の絶えた暗い川面を、紅屋の提灯を舳先につけた舟が上ってきた。

舟は賊の指示どおり、柳橋で調達して、そこから川上に上ってきたのである。

櫓《ろ》を漕ぐ音が、夜のしじまに聞こえてくる。

やがて、首尾の松の前に来て止まると、浅草弁天山《べんてんやま》の時の鐘が四ツを告げた。

それを合図に、紅屋に扮した藤七が、舟の中から樽を持ち上げると、辺りを見渡した後、川面に投じた。

樽は川下にゆっくりと流れていく。

紅屋の舟は樽を置き去りにして、もときた川下に下っていった。

舟の灯がずいぶん遠くになったと思ったその時、川上から猪牙舟が猛然と走ってきた。

舟には、船頭一人に男が二人、乗っている。

川の流れに乗っているため、舟足は早く、あっという間に首尾の松近くに接近してきた。

「来たぞ」

金五の合図で、こちらの船頭もぬっと立った。

こちらの船頭は二人、同じ猪牙でも二梃《ちょう》立てで追う準備をしていた。

息を殺して見詰めている十四郎と金五の向こうで、浮いている樽の傍を走り抜けざま、一人の男が舟から体を伸ばし、もう一人は舟の均衡を保つために反対側に体をよせて重心を取り、一瞬にして樽は川面に体を伸ばした男の手に引き上げられて、舟の中に落とされた。

「行くぞ」

金五が合図をした。

「待て」

十四郎が制す。

そのまま川を下ると思っていた猪牙舟が、方向を変えたのである。

舳先を回すと、舟は川上に向かって走り始めた。

「よし、尾けてくれ」

十四郎の合図で、船頭二人が漕ぎ出した。

十四郎たちの舟は、一定の間隔をおいて、後を追った。

川上から吉原帰りの舟が下ってくる。

いくつかそんな舟をやり過ごした時、前を行く舟は、駒形堂《こまんどう》の前の河岸につけた。

十四郎たちの舟も、少し離れた川下の河岸につけた。

男たちは上陸すると樽の蓋をたたき割り、中の金を何か袋のような物に詰めて、駒形町にある一軒の百姓家のような家に入った。

周りは畑になっていて、繁くかえるが鳴いていたが、男たちが畑の道に入った途端、かえるの声は鳴き止んだ。

すると、その家屋から数人の男たちが走り出てきて、金を運んできた男たちを出迎えた。

十四郎と金五は、用心深く近付いた。

裏に回って、家の物陰から開け放たれた部屋を覗くと、部屋の中ほどに、おてるが猿轡《さるぐつわ》をされ、後ろ手に縛られて転がされており、傍にお馬が座っていた。

——そうか、やはり、おてるのかどわかしもお馬の仕業だったのか……。

すると、お馬の横で酒を舐め、はだけた胸に団扇で風を送りながら、男たちが金の勘定をしているのを見ているのが、女衒の覚次ということになる。

覚次の目は鷹が獲物を見据えるような、そんな鋭さをもっていた。はだけた胸は浅黒く、筋骨逞《きんこつたくま》しい男である。

各地を回って女を買い入れてくる女衒の仕事が、覚次の体から余分な肉を削ぎ落としてしまったようだ。

やがて、金を数え終えた男たちが「間違いありません」というふうに覚次に頷いてみせた。

「ごくろうさん。さあ、みんな、遠慮なくやっておくれ」

お馬が男たちの前に盃を置き、それに酒を注ぎながら言った。

「紅屋も、どこまで馬鹿なのか。旦那、あたしの恨みも、これで少しは晴れたというものですよォ」

お馬は、覚次の肩によりかかるようにして鼻を鳴らし、覚次の盃にも酒を注いだ。

おてるは、その隙を狙って猿轡を振りほどき、一味に叫んだ。

「ちくしょう。あたいをいつ帰してくれるんだい」

「馬鹿な子……いいかい、お前は、上方《かみがた》に売り飛ばすんだよ。分かったかい」

お馬は、おてるの傍に寄っていって片膝立てると、裾を捲った。

「鬼……あんたは、おばあちゃんもあたいも騙して……訴えてやる」

「うるさいねえ……お前はなあんにも知らないけどね。あたしのおとっつぁんとおっかさんは、お石ばばあに殺されたようなものなんだよ……こっちが許せないよ」

ぎゅっと睨む。

「お馬、ほっておけ」

覚次だった。

「だって、あんまり頭にくるからさ。この馬鹿娘に、どれほど金を渡してやったことか……男をあてがい博打をさせて、ずいぶんと遊びも教えてやったんだ。上方に行ったら、しっかり働いておくれでないかい、お嬢さん」

お馬の、役者まがいの台詞《せりふ》は、まわりの男たちを失笑させた。

お馬は、ますます調子に乗って、

「そうだ。みんな、面白い遊びをしようじゃないか」

「ほっておけって」

覚次がまた叫んだ。

「いいえ。みんな、構わないから、この子をまわしてかわいがってやんな」

言い放って立つと、にやりとおてるを見据えて笑った。

「ねえさん、いいのかい」

早速、涎《よだれ》を垂らした男たちが、お馬に聞いた。

「いいよ。隣に連れていって、存分にやるんだね」

その言葉で、酒を飲んでいた男たちが、一斉に立ち上がった。

「放せ、放せ」

暴れるおてるを、男たちはてんでに担いで、隣の部屋の戸を開けた。

だが、男たちは目を剝いて硬直した。

隣室の暗い部屋の、戸の際に、黒い影が二つあった。

十四郎と金五だった。

「だ、誰でえ」

返事を返す間もなく、十四郎と金五の鉄拳が、男たちの頰に炸裂《さくれつ》した。

同時に、音をたてて、おてるが部屋に転がった。

「金五、おてるを頼む」

「わかった」

金五が、おてるに駆け寄って、縄をほどくのを横目で確認した十四郎は、背後におてるを庇って、ずいと出た。

「あんたは、橘屋の……」

お馬が驚愕して声を上げた。

「覚えていてくれたのか、お馬……だがな、お前たちもこれで終わりだ。なにもかも証拠はあがっている。後は奉行所で裁いてもらうんだな」

十四郎が言うや否や、右手から男が匕首をかざして飛び込んできた。

「悪いが、お前たちは勝てぬ」

素早く躱した十四郎は、同時に男の手首を摑んで捩じ上げていた。

「いてててて」

男の手首を捩じ上げたままで、覚次に言った。

「お新を襲ったのも、お前たちだな」

「それがどうしたい」

覚次も匕首を抜いた。

十四郎の背後から、おてるが叫んだ。

「お新を襲ったのは、そいつらだ。お新が賭場に現れて、こいつらを脅したんだ。あたいをこれ以上誘うのなら、お奉行所に訴えて、手入れをしてもらうって……それで襲われたんだ」

「やはりな」

「お武家さん。この人たちは、あたいだけじゃない、身よりのない女たちを言葉巧みに誘って、上方に売っているよ」

「そうだったのか……覚次、かどわかした女を売り飛ばしたら、それだけで死罪だぞ」

覚次はせせら笑ってみせた。だがすぐに、その笑いをひっこめると、匕首を閃かせて、十四郎の脇腹を襲ってきた。

素早く体を捩って躱した十四郎に、横から次の一撃が来た。

男たちは、みな一様に敏捷《びんしょう》だった。

十四郎は刀を抜いて、峰を返して立った。

その時だった。

後ろでどさりという音がした。

行灯の灯の流れがうっすらと届く後ろに、男が倒れて息絶えた。

男を斬ったのは金五だった。

横目でそれを確かめた時、覚次が体を投げ出すようにして襲ってきた。

その匕首を刀の峰で撥ね飛ばし、覚次の小手を打った。だが覚次はすばやく飛びすさって、また身構えた。

覚次は、匕首をお手玉のように、右手に左手に持ち替えながら、じりじりと十四郎に近付いてきた。

覚次もそうだが、手下の男たちも、声をあげずに飛び掛かってくる。油断のならない一味だと思った。

左手から、手下の男が再び十四郎の脇腹目掛けて飛び込んできたその時、覚次が前方から飛び上がってきた。

十四郎は、左手から来た男に峰打ちを食らわしたその刀で、飛び下りて来た覚次の足をしたたかに打った。

覚次は、匕首を持ったまま床に落ちた。

「ぐえっ」

覚次の吐き出すような声が聞こえた。

「あんた！」

お馬が血相をかえて、覚次に走り寄った。

俯せになった覚次の腹から、夥《おびただ》しい血が床に流れ出して来た。覚次は、己の匕首で己の胸を突いてしまったようだった。

「ちくしょう」

お馬が、きっと十四郎を睨んだが、手下たちはいっせいに庭に飛んだ。

「逃がさぬ」

金五が行く手を遮って立った。

その背後に、無数の捕り方の提灯が近付いて来た。

橋屋の一室で、十四郎とお登勢が頑《かたく》なに口を噤んで一言も発しないおてると向き合ったまま、もう半刻《はんとき》（一時間）が過ぎていた。

そのおてると会うためにお新は、橋屋の二階の藤の間で、じりじりとして、おてるが現れるのを待っている筈である。お新はまだ、頭や腕に晒しを巻いてはいるが、日常の生活を送るのに支障はないと柳庵から太鼓判を押され、橋屋に戻っていた。

一方のおてるは、三日前の晩に十四郎と金五に助けられて、紅屋に戻っていた。松之助は、おてるの顔を見るなりそこに引き据えて、本当の母親はお新だと告白したらしい。

そして今日、松之助自らおてるを橋屋に連れてきた。

だがおてるは、松之助を帰し、帳場の裏の小部屋に入ったっきり、そこにへたって動かないのであった。

おてるの顔からは、ここ数日の間に険も取れ、啖呵《たんか》を切るような物言いもしなくなったと聞いているが、態度は頑なままだった。

「おてるちゃん」

お登勢が呼び掛けるが、微動だにしない。

また、沈黙が続く。

裏庭で万吉が犬のごん太とじゃれている声だけが聞こえていた。

「強情な子だな、おてるは。いつまでそうやっているのだ」

十四郎が、叱りつけるように言った。

すると、

「あたしのこと、なんにも知らないで」

と、言ったのである。

「だったら、分かるように言ってみろ。これ以上甘ったれるのはよせ。知って貰いたいのなら自分で喋ったらどうだ」

「言ったって、どうにもならない。だから、ほっといてほしいんだよ、あたしは」

俯いていた顔をきっと上げて、おてるは十四郎を睨んでいた。

「おてるちゃん。みんな、あなたの事を心配して言ってるんですからね」

「おばさん。それが余計な事だって言ってるんだよ」

一層険しい目を向けた。

「いい加減になさい」

お登勢は腰を浮かせると、思いっきりおてるの頬を張った。

「何、するんだよ。あたしがどんなに寂しかったか、知ってるの？……おばさん、知らないだろ。あたしのこと、なんにも知らないだろ」

おてるは頬を押さえて叫んでいた。だが、その声は涙交じりの声だった。

おそらく、おてるは生まれて初めて、頬を叩かれたに違いない。

引き攣《つ》った顔を上げ、お登勢に食ってかかっていたが、やがてその声は、甘えを含んだ涙声になっていた。

「たしかにあたしは、なんでも言う事を聞いてもらったし、欲しい物も買ってもらったよ……だけど、どこか、違っていたんだ……おばあちゃんも、先のおっかさんも……あたしが何をしても怒らなかった。怒らなかっただけじゃないよ。あたしを連れて、どっかへ遊びに行くこともしなかったんだ。友だちは、友だちはね、みんな、おっかさんと、おとっつぁんの腕にぶら下がって遊びに行ってたんだよ……でもあたしのうちは、どうしてこんなに冷たいのだろうって、いつも思っていたんだ、あたし……」

訴えるように吐き出すおてるの話は、止めどなくつづいた。

おてるは、いつの頃からか、自分が紅屋の子ではないのではないかと思い始めていた。

そう考えてみると、なにもかも納得がいった。

お石とお滝は、目鼻立ちがそっくりだった。

ところがおてるとは、顔のどの部分を探しても、似ているところはひとつもなかった。

ある日、ふっと自分の顔が、白粉師のお新に似ていると思ったことがあった。

八歳の時だった。

おてるは、店の奥で白粉の調合をしているお新の傍に座って聞いた。

「お新さん。あたしの顔、お新さんに似てると思うけど、お新さんはどう思う?」

その時、おてるは、お新にうんと言って欲しかったのである。

嘘でもそう言ってくれれば、なぜか救われるような気がしていた。

それほどおてるは、その時、孤独をかみ締めていたのである。

すると、お新は、

「お嬢様、私とお嬢様が似ている訳がございませんよ。お嬢様は、目鼻立ちといい、色白のところといい、お母様やおばあ様にそっくりでございますよ」

と、言ったのである。

「ふーん。でもあたしは、時々、拾われた子じゃないかと思うことがあるの」

「馬鹿なことを言うものじゃありません。おてるさんは、旦那様のお子、このお新が証明します」

お新はその時、なぜか泣いた。

お新はなぜ泣くのだ。やっぱり私は捨て子だったに違いない。おてるはそう解釈したのであった。

鬱々《うつうつ》としたものは、やがて両親や祖母への反抗となって表れた。

手習い所に通うのも止めたし、お茶やお花のお稽古も途中でやめた。

着物も、お滝の望むような物は着たくなかったし、早くから店の化粧用具を勝手に持ち出して、塗りたくった。

だが、誰も、紅屋の大人の誰も、なんにも言わなかったのである。

そして、先の母お滝が死に、お新が後妻に入った。

「その時ね、やっぱり、この人、あたしの母親だったんだって、なぜかそう思ったの。ほっとしてたの。でも次の瞬間、もしそうだったんなら、なぜあたしを騙して今日まで来たんだって……許せないって思ったの……今更なんなんだって……」

それに加えて、お石とお新との不和は、一層おてるを荒《すさ》んだ気持ちにさせた。

お新が台所に入ってつくった惣菜の味を、お石はしょっぱいと言い、水っぽいと言い、ご飯の炊き方が柔らかすぎると言い、硬すぎると言い、お新が掃除をすれば行き届いていないと言い、洗濯物の畳み方が悪いと言い、水を使いすぎると言い、ことごとく小言を言うのであった。

その小言を、自分の顔に似たお新が、黙って受け止めているかと思うと、陰で泣いている。

それをまた、見てみぬふりをする父の姿――。

祖母も祖母だが、義母のお新の情けなさ、父の不甲斐なさにも腹が立った。

その腹立ちを、外で悪い遊びをすることで解消してきたと、おてるは言った。

「ただ、ただだね。おばさん、いえ、お登勢様。あたしの悪所通いを心配してくれて、怖いおじさんたちに食ってかかるお新さんを見て、あたしは、嬉しかったんだよ」

おてるは、お登勢のことをおばさんからお登勢様と言い直し、お新のことも、ためらった後でお新さんと「さん」づけで呼んだ。

それは、怒りを吐き出しているうちに、心のどこかに、俄かに変化が起きてきた証拠だった。

「おてるちゃん。あなたも、もう大人なんだから、人のことばかり責めてはいけません。あなたが、どんな生き方をするか、それはあなた自身の責任ですよ」

「お登勢様」

「おてるちゃんより、ずっと不幸な生い立ちの子は、この世にいっぱいいます。うちの万吉だってそう。親の顔も知らないけれど、一生懸命生きてるのよ」

お登勢は、じっとおてるの顔を見た。

その時また、裏庭から、万吉とごん太がじゃれつきあって、はしゃいでいる声が聞こえてきた。屈託《くったく》のかけらもない万吉の笑い声だった。

ふっと、おてるが顔を上げた。

「お登勢様。お新さんは、あたしのこと、許してくれるかしら」

「もちろんですよ、ねえ、十四郎様」

黙然として聞いていた十四郎に、お登勢が言った。

「許すも許さないも、親子ではないか。今頃おっかさんは、二階でお前の現れるのを首を長くして待っているぞ」

「おっかさん……」

おてるが、言葉をかみ締めるように呟いた。

「そうだ。正真正銘の、お前のおっかさんだ」

十四郎の言葉に、おてるは恥ずかしそうに苦笑した。

その時であった。

「おてる……」

お新が敷居際に立っていた。

お新は、待ち切れなくて階下に降りてきて、おてるの話を聞いてしまったようだった。

目に、膨れ上がった涙が光り、今にも零れ落ちそうである。

「おてる、ごめんよ……堪忍しておくれ」

お新は、おてるの傍に座ると、膝に置いていたおてるの手をとった。

その手を、愛しそうに包み込むと、

「ごめんよ、おてる……寂しい思いをさせたんだね。でも、おてる。おっかさんがね、紅屋でずっと頑張れたのは、お前がいたからなんだよ。親子だと名乗ることはできなくても、傍でお前の幸せを願ってきたの。可愛いお前の顔をいつでも見られる。それだけでおっかさんは幸せだったんだもの。お石おばあちゃんに感謝してきたんだよ。だから、おっかさんは、おばあちゃんには逆らわなかった。分かっておくれ」

お新は、溢れる涙を、拭おうともせずに、おてるに訴えた。

「おっかさん……」

俯いたまま、おてるは「おっかさん」と呼んだ。

お登勢が、はっとして十四郎を見詰めてきた時、今度は、はっきりとおてるが言った。

「おっかさん」

「おてる」

お新はおてるを抱き締めていた。

お新の胸で、おてるは幼子のように泣きじゃくった。

お登勢が十四郎に頷いて立った。

「十四郎様、お新さんは紅屋に帰る決心をしたようでございます」

お登勢は縁側に立ち、

「今朝ね、わたくしに打ち明けてくれました」

と言った。その横顔に、庭の木立の間からそよと風が吹いて来て、後れ毛が一本、揺れていた。

「お登勢殿……」

それもこれも、紅屋の事件が解決したのは、みな、お登勢殿のお陰だと、十四郎は言った。

「五百両、ぽんと出すと言った時には、さすがの俺もびっくりしたぞ」

「実を言いますと、あのお金、戻ってこなかったら、橘屋も危ないところでございました」

お登勢は肩をすくめて微笑んだ。

「お登勢殿」

「でも私は、何が起ころうが、十分に今しあわせですもの……」

呟くように言い、お登勢は十四郎に艶やかな視線を向けた。

二人の間に、切ない思いが忍び込んでいた。

十四郎は、慌てて言った。

「それにしても、大丈夫かな。お石とお新との仲だが……」

「その事ですが、お新さんは、柳庵先生のところから橘屋に戻ってくる前に、一度、お石さんのお見舞いに帰ったんですよ。そしたら、お石さんが言ったんですって。お新、お前が作った料理が懐かしいって、何を食べてもまずくて困ってるって……」

「そうだったのか……」

「お新さんは泣いていました。おっかさんは、やっと私のことを認めてくれたんだって……」

「ふむ……」

十四郎は、庭に射す眩しい光を見て頷いた。

お登勢の声が潤んでいて、十四郎はお登勢の顔を見るのをためらっていた。

# 第四話　夏の霧

## 一

気の所為《せい》かと思っていた。

だが、自分を狙って追尾してきているのだと金五がはっきりと分かったのは、和泉《いずみ》橋を渡りかけた時である。

冗談を交わしながら金五の後ろから歩いてきていたその集団が、突然ぴたりと静かになったその直後、袴の裾を捌いて走る草履の音が、あっという間に金五の後ろに迫ってきたからである。

金五は、右手で欄干《らんかん》を摑み、左手で腰の刀の柄頭《つかがしら》を上げると、振り返った。

そうした動作をするだけでも、一瞬だが眩暈《めまい》がした。

——酒が過ぎた。

予想もしていなかったこれから起こるであろう襲撃に、金五は少なからず動揺していた。

敵を迎え撃つには、いかにも心も体も弛緩《しかん》していた。

「待て」

男たちは、金五を囲むようにして立った。

月明かりに男たちの顔が幾つも重なって、金五を見据えるようにして嘲笑していた。

「何者だ」

見返した金五は、その男たちが先ほどまで飲み屋の一角で、とぐろを巻いていたのを思い出した。

男たちはまだいずれも二十前の、それも十七、八だと思えたが、自分たちは旗本の子弟だと声高に言い、酌婦の女を有無を言わさず抱きよせたり、尻に触ったりして騒いでいた。

その店は、武士はその男たちと金五だけで、周りは近くの木場《きば》の職人たちで埋まっていたが、男たちの醜い狼藉《ろうぜき》で、店の中は一瞬にして暗くなった。

金五は、つかつかと男たちに寄り、

「みなさんに迷惑になる。心得よ」

睨《ね》めつけた。

「なんだなんだよ、面白くもねえ」

男たちは、ぶつくさと言い、不承ながらも素直に店を出て行ったかと見えたのだが、実は気持ちがおさまらず、あれからずっと金五の出て来るのを待っていたものらしい。

「そうか。お前たちは、さきほど飲み屋にいた」

「そういうことだ。顔をつぶされた借りを返してもらおうと思ってな」

一番年長と思われる男が、にやりとして周りの仲間の同調を促した。

「何、借りだと……」

「金を出せば許してやる。それも全部だ。出さねば痛い目に遭うぞ」

「いい加減にせぬか。かりにも旗本として禄を頂戴している子弟が、強請《ゆすり》たかりをしては、上様に申し訳ないと思わぬのか」

「うるさい。黙って金を出すんだ」

じりっと、一同が寄せてきた。

「たわけ。近頃巷に鼻摘み者の旗本の子弟のごろつきがいると聞いていたが、お前たちのことだな」

「今頃わかったのか……もう逃げられはせんぞ」

「ふん。酔っ払った者たちの財布を奪っていくらしいが、俺は、お前たちのいいなりにはならぬ」

金五は言い放った。ここは一歩も引けないぞと思った。

巷には、仕事にあぶれた浪人たちが溢れている。

一方で、のうのうと親の脛《すね》をかじり、そればかりか、弱い者を脅し、辻斬り強盗の類いまでやってのける無頼《ぶらい》の若者たちがいる。

それが、金五には許せなかった。

こんな若造たちに、まだ引けは取らぬという自負もあった。

まずは目の前の年長の若者をじっと見据え、左右に散らばった者たちに視線を遣った。

「こいつ、少しもわかってないとみえる」

「かまわん、やってしまえ」

男たちは、口々に言い、一斉に刀を抜いた。

金五もゆっくりと刀を抜いた。ただし、体の均衡を保つため、背は欄干に凭《もた》れさせたままだった。

撃ってくるのを返せばいい。二、三合《ごう》撃ち合えば、腰抜けどもは散っていく。

それぐらいに考えていた。

男たちの顔に緊張が走り、目付きが一瞬にして変わったと思った時、一人が左

手から、しゃにむに斬り込んできた。

金五は、難なくそれを躱して、用心深く左右に神経を走らせた。

だがやはり、体を動かした時、金五の視界には男たちが重なって見えてくる。

左右から交差するように、第二撃が襲ってきた時、金五は躱すのが精一杯で、

そこに膝をついてしまった。

起き上がろうとしたが、腰が動かなかった。

——いかん。

刀の切っ先を杖にして立とうとしたその時、真ん前から年長の男の突きが来た。

慌てて撥ね上げたが、年長の男はいったん跳びすさり、次の一撃を頭上に下ろ

して来た。

——しまった。

受けようとして伸ばした刀が、一瞬遅れたと思った。

――斬られる。

瞬く間に、自分が撃たれ、悲しむ母の顔や十四郎の顔が脳裏を掠《かす》めた。

だが、目の前で、青白い光がきらきらと光ると同時に、刀の撃ち合う激しい音が聞こえ、

「引け！」

男たちが、どたどたと橋の上を駆け去るのを聞いた。

顔を上げると、

「もし。大事ございませぬか」

老武士が覗き込んだ。

老武士の傍には、すらりと背の高い若衆《わかしゅ》が立っていて、いま鞘《さや》に刀を納めるところだった。

若衆は、髷の前髪をはらりと白い顔に落とし、黒々と光る瞳にきりりと結んだ花びらのような口元を持っていた。

夜目にも美しく、金五がぽかんとして見詰めていると、

「こちらは、諏訪町《すわちよう》で一刀流の道場を開いております秋月千草《あきづきちぐさ》様と申されます」

と老武士が言った。

「かたじけない。命びろいを致しました。礼を申す」

金五は、頭を下げた。

「しかし、女性《にょしょう》の身で一刀流の道場主とは、驚きました」

言いながら立つが、足元がよろっと動く。

「彦《ひこ》爺、この人をお送り致せ」

千草は、すずやかな声で老武士に言った。

「はい」

彦爺と呼ばれた武士は、

「お武家様。この爺やの肩にお摑まり下さいませ」

骨々しい肩を、金五の脇の下に突っ込んできた。ぐいっと金五の体が引き起こされる。意外に頑強な肩だと、金五は担がれながら驚愕していた。

「そういう訳で、昨夜はその彦左衛門《ひこざえもん》という爺やに送って貰ったのだ」

橘屋の奥の仏間で、金五は美貌の若衆に救ってもらったことを、臆面《おくめん》もなく十四郎とお登勢に披露した。

金五は、若衆姿の女に助けて貰った恥よりも、それを心底喜んでいる。いや、喜ぶどころか自慢していた。

お登勢がくすくす笑って、十四郎を見詰めてきた。

「お登勢、笑い事ではないぞ。俺は、その若衆に助けてもらわなかったら、今頃はそなたたちに葬儀の手数をかけておるところだった」

「はいはい。その美しい千草様の剣が、きらっきらっと光ったと思ったら、悪餓鬼どもが、あっという間に肩を撃たれ、小手を撃たれて、這《ほ》う這《ほ》うの体《てい》で逃げていった、そういう事でございましょ」

「そうだ。一分《ぶ》の隙もない、迅速な打ち込み。俺は尻餅をついて見ていたのだが、感服《かんぷく》致した。ひょっとして十四郎、お前と互角に闘える相手だぞ、あの人は」

金五は、剣を持つ所作《しょさ》までして、饒舌《じょうぜつ》に語る。

「ふむ。で、その女子《おなご》、年は幾つぐらいなのだ」

「そうだなあ。あの出で立《いた》ちでは、ちょっと分かりにくいが、俺の見たところでは、二十三、四。お登勢よりもちっとばかし若いかな」

「諏訪町に道場を開いているといったな」

「そうだ。元旗本秋月甚十郎《じんじゆうろう》という人の一人娘だと言っていた。父親が急死してお家は断絶。それで浪人となったとな」

「あら、ではお一人ということでございますね。そうでしょ、十四郎様。ご養子さんを迎えていらっしゃれば、お家が断絶なんてことはありませんでしょう」

「うむ。まあ、そういう事になるかな」

そうか、それでおぬしは弾んでおるのか。今にも涎《よだれ》が落ちそうだと思って聞いていたぞと十四郎が冷やかすと、金五は突然真顔になって、

「お登勢殿。そこで相談だが、受けた恩は礼をもって返さねばならぬ。すまぬが一緒に諏訪町の道場まで同道してもらえぬか」

「私がですか」

「そうだ……例えば、菓子折とか……酒という訳にも参らぬからな、お前が忙しいというのなら、藤七でもいい」

「じゃあ、十四郎様にお願いすればよろしいじゃありませんか」

「駄目だ。十四郎はむさ苦しい」

「あら、さようでございますか」

お登勢は、ころころと笑った。

「お登勢、俺は何も十四郎と並べば引けを取るなどという姑息な考えから言っているのではないぞ。俺だって見ようによっては、男っぷりもなかなかのものだと思っておるのだ」

金五は胸を張った。

「おっしゃる通りでございますとも。分かりました。早速お民にでも美味しいお菓子を買いにやらせましょう」

「そうか。すまんな」

金五は満悦《まんえつ》の顔をして、頷いた。

するとそこへ、

「たいへんでございます」

外から帰ってきた藤七が跪《ひざまず》いた。

「昨夜、『心源寺《しんげんじ》』が押し込みに遭いました。住職の良海《りょうかい》さん他、寺の坊さんたちが皆殺しにされまして、金はおろか、仏像や調度品まですべて盗まれたようでございます」

「藤七、心源寺の和尚といえば、一昨年、駆け込んできたおさくの身元引受人になってくれた人ではないのか」

金五が驚愕して聞いた。

「そうです。良海和尚です」

「まさか……例の押し込み強盗ではあるまいな」

「それが、手口はそっくりです」

「金五、なんだ、その例の押し込み強盗というのは」

「二年前だ。三月《みつき》の間に、三件も寺が襲われる事件があった。いずれも皆殺しをした上で、寺の財宝が盗まれている」

「近藤様。いずれにいたしましても、お寺をお見舞いしていただけないでしょうか。良海和尚様には、なみなみならぬお世話になっておりましたから」

「そうだな。寺社奉行所の探索方に聞けば、詳しいことも分かるやもしれぬ。十四郎、お前も一緒に来てくれ」

「承知した」

二人はすぐに、橘屋を後にした。

盂蘭盆会《うらぼんえ》を過ぎたあたりから幾分陽射しが弱くなったとはいえ、日中の日盛りは、四半刻《しはんとき》（三十分）も歩けばじわりと汗をかく。

心源寺は、東本願寺の南方に群れをなす寺の一つであったため、お登勢は二人に三ツ屋の猪牙舟を用意してくれた。

そこで二人は、隅田川を舟で上って、駒形堂の河岸で降り、そこから西に徒歩《かち》で向かった。

その間に金五は、二年前の事件は未解決のまま現在に至っていることや、事件に遭った寺には、当夜遅く、狐の嫁入りがあったという噂が流れていた話などを掻い摘まんで十四郎に告げた。

狐の嫁入りとは、狐火が連なって嫁入りの提灯行列のように見えることを言うが、江戸では武家も町人も稲荷信仰が盛んであったため、狐がどうしたこうしたという話は絶えずあった。

「俄かには信じ難い話だが、三件の事件とも、狐の嫁入りを見たというのだ。寺に狐の嫁入りもないもんだと思ったが、寺社奉行所の役人も、下手人を捕まえてはおらぬゆえ、今は信じるしかないという状況だ」

町奉行所と違って寺社奉行所は、探索の役人も少ない上に、手慣れた者もいないから、やられっぱなしだと、金五は苦い顔をして言った。

二

果たして、心源寺はたいへんな騒ぎになっていた。

正門には縄を張り、野次馬の侵入を防ぎ、寺内では忙しく寺社奉行所配下の役人たちが動いていた。

二人が慶光寺の者だと名乗り、中に入ると、本堂の前庭に賊に殺された和尚や坊主合わせて五人が並べられていた。

「なんという事だ……和尚」

金五は片手で和尚の遺体に瞑目《めいもく》した。

「金五、この傷は刀傷だ……」

十四郎は和尚や坊主の傷口を見てまわった。いずれも首を斬られ胸を刺されて致死したようだが、刀傷に間違いなかった。

「やったのは二本差しだな」

しかも手首を縛り上げた上で殺したようで、いずれの者の手首にも、紐で縛り上げた痕がついていた。

「残忍な奴……」

おそらく、犯人は染みひとつの痕跡も残さないために、無抵抗の坊主たちを斬り、皆殺しという手段をとったに違いなかった。

「二年前の事件とそっくりだろう」

聞いたような声がして振り返ると、懐かしい顔がそこにあった。

ずんぐりむっくりの体付きをした栗田徳之進《くりたとくのしん》だった。

栗田は、一年程前、慶光寺に賊が入り、その賊に金五が斬られて生死の境をさ迷う大怪我をした時に、臨時に金五のお役目を代行するため慶光寺にやってきた寺社奉行所配下の徒目付《かちめつけ》だった。

寺社奉行所内で徒目付といえば、町奉行所の与力と同心を兼ねたような職務である。

「これは、栗田殿」

金五も立ち上がって、目礼した。

「十四郎殿もご一緒とは、懐かしい」

栗田は人懐っこい顔をして、あの時の手柄でお奉行から金一封を頂いたといい、照れ臭そうに笑った。

はっきりいって、栗田は図体がでかいだけで、あの折も事件の探索には音を上げていた。

十四郎と金五の働きがなくては、事件は解決しなかった筈である。

「いや、あの時以来、なにかと私は忙しくなってな。このたびのこの事件も私が差配することになった」

威勢のいいことを言いながら、その実ちらりと不安の色を浮かべる栗田は、またもや重い荷を引き受けて心底は当惑ぎみのようである。金五がすばやく、殺された和尚とは浅からぬ縁があって出向いてきたと打ち明けると、栗田はぱっと明るい顔をして、

「ではまた、一緒に働けますな。いや、有り難い。十四郎殿もよしなに頼む」

後ろで右往左往する配下に分からぬように、胸元で片手拝みする。

十四郎は金五と見合って苦笑した。

北町奉行所の与力松波孫一郎は、沈着にして冷静、剃刀《かみそり》のような思考と厳しい決断を下す人である。

それに比べて、寺社奉行所配下の栗田徳之進は、見掛け倒しの臆病者、剣の腕も、二本差しは飾りのようなものなのだが、憎めない男だった。

「さあて、以前のように動けるかどうか、慶光寺も駆け込みを抱えておりますからな」

金五はわざと惚《とぼ》けてみせた。

「またまた、水臭いことは言いっこなしですよ、近藤殿。何、今度はたっぷり、探索費用も頂いておるからして、蕎麦の一杯や二杯、奢《おご》りますぞ」

「蕎麦ですか」

十四郎は笑った。

昨年のこと、慶光寺の事件の探索途中で入った蕎麦屋で、栗田は十四郎の分まで食べてしまったのである。夏の日盛りの蕎麦屋で、汗を拭き拭き、うまそうに蕎麦を食べる栗田の顔が思い出される。

「それはそうと、二年前にも似た事件があったと先ほど申されたが……」

十四郎が聞くと、待ってましたというような顔を栗田は見せた。

「その事ですが、向かいの安徳寺《あんとくじ》の坊さんが、夜遅く厠《かわや》に立った時に、狐の嫁入りのような火がこの寺に入るのを見たと言っているのです。皆殺しに遭っているのも同じなら、仏像ほか金目の物がそっくり盗まれているのも、以前の事件と同じです」

「また、動き出したという訳ですな」

金五は言いながら、十四郎にちらりと厳しい視線を投げてきた。

その時であった。

門前から大声が、聞こえてきた。

なにげなく十四郎が振り向いた時、

「千草殿」

金五が声を上げた。

門前の縄張りのむこうに凜々《りり》しい若衆姿が見え、傍に六十前後の老武士が、門前を警固している寺社奉行所配下の者と言い争っていた。

金五と十四郎が近付くと、二人は驚いた顔をして、目礼を送ってきた。

「どうしたのだ」

金五が警固の者に聞いた。

「はい。こちらのお方が、事件の事を知りたい。寺の中も見せてもらえぬかと申されて。それで、今は駄目だと申したのですが」

すると、老武士彦左衛門が金五に訴えるように言った。

「実は、千草様のお父上は、二年前の事件で、巻き添えを食ってお亡くなりになりました。それで、このたびの事件の噂を聞きつけまして、何か、手掛かりがあるのではないかと……」

「そういう事ならば、入れてやってはどうか」

金五が言った時、栗田が近付いてきて、

「少しならば、よろしいでしょう」

千草と彦左衛門を、縄の中に入れた。

千草は、坊さんたちの刀傷を丹念に調べていたが、栗田にも事件の現況を聞き、

「恩に着ます」

両手で両腿を軽く押さえて礼をした。

その時、千草がちらっと十四郎にも視線を送ってきたが、一瞬ぞくっとするような清廉《せいれん》な美貌であった。造作《ぞうさく》の一つ一つが美麗にできているというよりも、体にまとった緊張感がつくりあげた、凛《りん》としたものが全体の美を造り上げていた。

金五が、鼻の下を長くしているだけあって、千草は男に勝るとも劣らない、武士としても穎脱《えいだつ》した人物だと、十四郎は隙のないその立ち居振る舞いを見て感じていた。

しかし、なぜこの女子は、若衆の出で立ちなどするのかと、眺めているうちに

疑問が湧いた。

「改めて、お礼に伺う所存でござったのだが……」

などと辞儀を述べている金五の方が、滑稽なほど緊張している。

千草と彦左衛門という爺は、丁寧にみなに頭を下げると去っていったが、

「金五……」

十四郎は、ぽかんとして見送っている金五の肩をつっついた。

――これは、だいぶ重症だな。

慌てて頭を掻く金五を見て、十四郎は苦笑した。


「つまり、恥ずかしい話だが、二年前のあの頃から、探索は少しも進展してはおらぬ」

三ツ屋にやって来た栗田は、相変わらず箸を忙しく使いながら、金五を見て、十四郎を見た。

「で、私がお役目を頂いたからには、今度こそ下手人を挙げたい……そう思いまして、お二人に改めてお願いにあがった次第です」

栗田はここで、さすがに箸を置いて、二人に頭をぺこりと下げた。

「うむ。できる限りお手伝いはさせていただくが……」

十四郎が言った。

「ありがたい。十四郎殿ほどの遣い手がいれば、鬼に金棒というものです」

栗田は、臆面もなくほっとした顔をみせた。正直なところ、今度の事件の下手人は二本差しだと知って、栗田は怖《お》じけづいていたようだ。

「それはそうと、栗田さん、あの秋月千草殿のお父上のことですが」

金五が、思い出したような顔をして聞いた。その実、金五の胸の中には、千草のことならどんな些細な事でも知りたいという切望がある筈だった。

その証拠に、どう平静を装ってみても、並々ならぬ関心が表情に表れていた。

金五らしいといえば金五らしい。十四郎は吹き出しそうになるのを堪《こら》えて、二人の話に耳を傾けた。

「ああ、千草殿の事ね、分かりましたよ。間違いなく、お父上は二年前の浅草寺近くの浄蓮寺《じようれんじ》の事件で殺されておりました」

栗田は、険しい顔を向けた。

「殺されたお父上の名は」

「秋月甚十郎と申される御仁でな。旗本三百石、一刀流の名手だったという事です」

「はて、どこかで聞いたことのあるような……」

金五は小首を傾《かし》げて考えていたが、すぐに顔を栗田に向けて、先の話を催促するように見た。

「ところがです。殺された当時は長患《ながわずら》いをした後で、立って歩くのも杖がいるほどの状態だったようですから……」

体の自由のきかなくなった秋月甚十郎は、妻のきえの三回忌を行うために、前夜から寺に泊まり込んでいた。

そして、運悪く押し入った賊に殺された訳だが、足腰立たずとも、座ったままで闘ったと見え、傍に賊の足が一つ転がっていたという。

甚十郎が、妻きえとの間にもうけた子は、千草一人だった。

婿養子もまだ迎えていなかったため、お家は断絶。千草はお守役だった大内《おおうち》彦左衛門とともに家を出たのだと、栗田は調べてきた秋月家の内実を述べた。

「何故、婿養子をもらっていなかったのだ。三百石の旗本なら、いくらでも養子の志願者はあった筈ではないか」

金五が、興味津々《しんしん》の顔で聞く。

「さあそれですが、甚十郎という人は、よほどの頑固者だったようですぞ」

栗田は、ふっと苦笑して、話を継いだ。

千草の美貌は近隣でも有名だった。

縁談は旗本や御家人から降るほどあった。

だが甚十郎は、秋月家の養子は、娘の千草の武術より勝っていなければ駄目だと言い、縁談の話が来るたびに、婿志願の男と千草を立ち合わせた。

ところが、『ヤーッ』『トーッ』などと発する間もなく、一合二合交わしただけで、勝負はついてしまう状態で、並の腕の男は歯も立たぬ。

千草と立ち合った者は、ある者は腕の骨を折り、ある者はしたたかに足を打たれて、しばらく歩行困難になるなど、惨憺《さんたん》たる結果を披露する羽目になった。

「思い出したぞ。十四郎、俺が寺役人を拝命する少し前だった。誰だったか、瓜《うり》のような頭をした旗本の次男坊が、我らが師の伊沢《いざわ》先生に手解きをお願いしたいなどと言い、道場にやってきた事がある。その男は見合いで立ち合いをしなければならないのだと言ってな、俄かに先生に稽古をお願いした訳だ。先生は一度は断ったが、なぜか最後まで断れなかったようで、一月ほど道場に通ってきていた。あの時、伊沢先生からその男の相手の名は秋月と聞いたような……とにかくその後、その男からの音沙汰もなく、みんなできっと縁談は流れたに違いないなどと笑い合っていたのだが、そうだ、あの男も、その一人だったのかもしれぬよ」

金五は、膝を打って、笑った。

「近藤殿が今話された御仁かどうか。中には、ある道場の高弟だというふれこみで、ゆくゆくは師の後を任されるなどと吹聴《ふいちょう》して、千草殿に縁談を申し込んだ御仁がいたらしいが、その者も散々に打ち据えられて、以後道場にも恥ずかしくて通えなくなったという話もある」

栗田も、くっくっと苦笑を浮かべた。

立ち合いに勝ち負けはつきものである。勝つ者がいれば負ける者がいる訳だが、相手が女で負けたとなれば、以後なにかと軽んじられることにもなりかねない。

そうこうしているうちに、千草の縁談の話は途切れ、甚十郎は病の床についた。

内心は穏やかでなかった筈だが、甚十郎は旗本として禄を頂いている以上は、武術に優れていなければ旗本とは言えぬと、最後までその姿勢を崩さなかった。

そもそも、まがりなりにも剣術をもって禄を頂戴している以上、武術のできない者は禄を返上するべきで、そんな輩《やから》が秋月家の養子になったならば、先祖の名を汚すことになるなどと言い、その姿勢を貫いたのである。

「頑固といえばそれまでですが、結局それで、お家断絶となったのです。皮肉な話です」

栗田はにやりとして、金五に、十四郎に視線を投げた。

合戦は絶えて久しい。この太平な世の中に、甚十郎のような人間は稀有《けう》である。

「今は金でなにごとも動く世の中です。甚十郎殿の申し分は正論ですが、それでは世の中は渡れません。気の毒といえば気の毒な話ですが、お家の断絶はなるべくしてなったと……で、千草殿は、父を殺し、お家断絶の原因となったあの事件を追っかけているということらしいですよ」

栗田は、一気にそこまで説明すると、また箸を取った。

しばらく三人は沈黙していた。

武士の世の歪《ゆが》みが、垣間見える話であった。

武道を貫いた家が断絶になり、金を積み、体裁ばかり整えた家は存続する。

三人が三様に、そのことを胸の底で問いただしていた。

口火を切ったのは、十四郎だった。

「それはそうと、栗田殿。盗まれた寺の財宝ですが、その後の経路は掴んでいるのですか」

「それだが、なかなか難しいところがあるのです。江戸で捌かず、たとえば上方に持っていかれると、手が出せません」

「しかし、ずっと抱え込んでいる訳でもないでしょう。盗品はいずれ金に換える筈……二年前の事件、それに今度の事件で盗まれた仏像などの盗品の一覧があれば、見せていただけませんか」

「皆殺しにされていますからすべてという訳にはいきませんが、檀家の話などから分かった物はあげてあります」

栗田は頷き、

「実は私も、もうすぐ二人目の子が生まれます。女房に『しっかりなさいませ』などと毎日のようにけしかけられまして……まったく、女というものは、けしかければなんとかなると思っているのか、まあそういう事情ですので……」

よろしくお願いしたいと改めて頭を下げた。

いやに熱心だと思ったら、そういう事情を抱えていたのかと、十四郎は、妻女に尻を叩かれる栗田を想像しておかしかった。

## 三

「何、俺と試合をしたいと申されるのか」

十四郎は、胡麻塩のかかった頭を上げて、じっとこちらを見詰めてきた大内彦左衛門の顔を見返した。

「はい。不躾《ぶしつけ》とは存じましたが、千草様がぜひにもお手合わせ願いたいと申しておりまして……」

彦左衛門は、白い眉毛をぴんと張って、有無を言わさぬ気迫である。

「しかし、困ったな」

十四郎は、庭を背にして敷居際に座るお登勢に目を遣った。

万吉がごん太と一緒にお登勢の使いにやってきて、急いで橘屋に駆けつけてみると、すぐに奥の客間に通された。

そこに、大内彦左衛門と、彦左衛門の相手をしていたお登勢が待っていた。

口上を述べて帰ろうとした彦左衛門を、座敷に上げ、十四郎を呼びにやったのだとお登勢は言った。

何事かと怪訝に思いながら座敷に座ると、彦左衛門はいきなり手をついて、千草と一手、立ち合って貰いたいと言ったのである。

お登勢は、十四郎の視線を受けても、平然として座っている。

十四郎は、彦左衛門に目を戻して、

「何ゆえでござる。千草殿にお目にかかったのは、一昨日、心源寺が初めてでござる。しかも言葉も交わした訳ではござらん。名も名乗ってはおらぬ」

正直、迷惑な話だと、十四郎は考えていた。

千草と試合をする理由がないし、試合をして勝とうが負けようが、今の十四郎には興味がなかった。

「実は、あなた様の剣につきましては、過日、近藤様からお聞きしておりました。一度お手合わせ願いたいと考えていたところに、あの事件現場であなた様にお会いしました。名乗りをあげなくても、千草様は一目見た時から、塙十四郎殿だとお気付きでございました。ご迷惑は承知の上で、私もこの役を買って出たのでございます」

「彦左衛門殿が……」

「はい。私は私で、思うところがあって参りました。塙殿、あなた様なら、ひょっとして、千草様の気持ちを変えていただけるかもしれないと、一縷《いちる》の望みを抱いてお訪ねした次第。この胡麻塩頭に免じて、この話、受けていただけませぬか」

と言う。

「はてさて、彦左衛門殿の思うところとはいかに」

十四郎は、じっと見た。

先方の勝手で、試合をするのなんのと決められたくはない。ただ、無骨な老人が白髪頭を下げているのを、冷たく突き返すのもできかねていた。

彦左衛門は二の足を踏む十四郎に、太い溜め息をついた。

お登勢は相変わらず、涼しい顔をして、二人のやりとりを窺っている。

彦左衛門はもう一度深い息をついて、

「実は、私といたしましては、もう千草様には、ふつうの女子に戻っていただきたいのでございます。女ながらにあのような形《なり》をなさり、剣一筋に生きる千草様を見ておりますと、胸が痛みます。しょせん、男には敵わぬということを塙殿の剣で思い知らせる以外に、千草様が女子に戻れる道はないのです」

彦左衛門は、がばと手をついた。

「彦左衛門殿、お手を上げられよ……」

十四郎は、彦左衛門の顔を覗いて、息を呑んだ。

彦左衛門は、目を見開いたまま、目を赤くして泣いていた。

「すべて、亡くなられました殿様とこの彦左のせいで、千草様は、あのようにお育ちになられたのでございます。したが、彦左も年でござる。殿様がお亡くなりになった今、目の黒いうちに千草様の行く末を、女としての千草様の行く末を見届けとうございます。ゆえに、お願いに参ったのでございます」

彦左衛門は、ゆっくりと顔を上げた。

彦左衛門の話によれば、秋月甚十郎は、若い時から人にも知られた武辺者《ぶへんしゃ》、ひたすら武芸に励んできた。

剣術は一刀流、槍は柳生《やぎゅう》流、馬は神道無念《しんとうむねん》流、柔は門真《かどま》流と、それぞれ奥義《おうぎ》をきわめるほどの腕前だった。

その甲斐あって、お役は亡くなる寸前まで、富士見御宝蔵番頭《ふじみごほうぞうばんがしら》であった。

御役高は四百俵。甚十郎ほどの武芸者にしては、さして恵まれたお役とはいえないが、秋月の家禄は三百石、四百俵高のお役は有り難いと言い、日々励んでいた人である。

番頭ともなれば、側室の一人ぐらいは大概の者が置いていた。だが、甚十郎は妻のみを愛し、側室は置かなかった。

ところが妻のきえが病弱だったため、恵まれた子は千草のみ、甚十郎は男子に恵まれないことを嘆いたが、やがてその気持ちが高じて、千草を男子と同様に育てると宣言した。

千草のお守役を担っていたのが、彦左衛門であった。

千草が五歳になるや、庭での鍛練が始まった。

人形遊びなどもっての外で、千草は、他家の男子より男子らしく育ったといえるかもしれない。

甚十郎が常々千草に言い聞かせたのは、

「女とはいえ、そなたは旗本の家に生まれた女子である。いざという時には、槍一本、刀ひと振りでご奉公しなければならぬ。秋月の血を引く者として、よくよく心得られよ」

それが甚十郎の口癖だった。

やがて千草も、剣は一刀流、槍は柳生流と、父と同じ道を歩み、成人した折には、女ながら立派な武芸者に成長していた。

そうなると、今度は千草の婿となる男子にも、甚十郎はそれを求めた。

もって生まれた千草の美貌に、縁談を申し込む者は多数いたが、甚十郎のあまりの武辺ぶりに、皆の足は遠のいた。

そして、千草に婿を迎えぬままに、甚十郎は死んだ。継承者がいないとしてお家断絶を言い渡された時、千草は憤然として、かつての父の上役であった御留守居役《おるすいやく》戸田《とだ》出羽守《でわのかみ》に申し入れた。

「なにゆえあって継承者が男子でなければならぬのか。畏れながら私は、武術については男子に引けはとらないと自負しております。家督《かとく》を男子にしか譲らないとする御定法《ごじょうほう》の根拠はいかに……。文武をおさめていれば、男も女もないではございませんか。ただ女ということだけで家督を譲り受けることができないという御定法には私は納得がいきませぬ。どうぞこのこと、上様にお聞き届けいただきますよう、お取計らい願い上げます」

単身、戸田出羽守の屋敷に乗り込んだ。

だが戸田出羽守は、苦笑しただけで、御定法は御定法だと言ったという。

千草の悲憤は大きかった。憤懣《ふんまん》やる方ない気持ちを彦左衛門にも漏らしていたが、やがて道場主として出発した。

美貌の女道場主……噂が噂を呼んで、門弟は男子ばかりか、若い女子が目立つようになった。

「女子の門弟の中には、旗本御家人の子女も多く、皆様、千草様の生き方に共感した方たちばかりでございまして……」

彦左衛門は、また太い吐息を漏らし、額の汗をぐいと拭った。

刻んだ皺に、彦左衛門の心労が見てとれる。

だが、お登勢は、

「彦左衛門様。わたくしには、千草様のお気持ちも、門弟の皆様のお気持ちも、分かるような気が致します」

などと言い、得たりという顔をする。

「お登勢殿」

十四郎は、制するようにお登勢に目配せしてみせるが、お登勢は苦笑しながらも、

「十四郎様、声を大にして言わないだけで、なんとなく世の不条理を感じている女たちはたくさんいると存じますよ。だからといって、御定法を守らなくてもよいとは、私は申しておりません。ただ、そういった女子の気持ちも、お上も少し

は柔軟に取り入れて下されば……そうでございましょう」

いやはや、この宿のおかみも……と彦左衛門が戸惑いのいろをみせた時、

「でも、女の幸せは、剣術ばかりではございませんもの。彦左衛門様のご心痛もよく分かります」

と、お登勢は言った。

彦左衛門は、それでほっとした顔をして、言葉を継いだ。

「実は、戸田出羽守様から呼び出しを先日受けました。戸田様は、多くの子女が門弟となっている事を憂い、千草様にこう申されました。『即刻、男の形を止め、しかるべき者と所帯を持つならば、秋月の家を再興できるようわしも尽力致すゆえ、そうなされよ』と――」

だが千草は、それでは自身の姿勢を翻意することになると一蹴《いっしゅう》したのだと彦左衛門は言った。

ただ、自分より強い男子《おのこ》が現れたら、その時は考え直してもいいと、千草は彦左衛門に約束したのである。

「ですから、塙殿には、ぜひにも試合を承諾いただき、千草様に勝って頂きたい。ぜひにも……」

彦左衛門は、悲痛な目を十四郎に向けた。

「ふむ……しかし、俺が勝てる保証はないぞ」

「いえ、この彦左の目に狂いはございません。あなた様なら千草様にきっと勝てると……」

「十四郎様、引き受けておあげなさいませ」

お登勢も、そんな事を言う。

俄かに、千草の剣への興味が頭をもたげてきた。相手が女と思うから二の足を踏むだけで、これが男だと思えば、どうという事もない。

――それに、目の前にいる、白髪頭の彦左衛門の気持ちがそれで少しでも収まるというなら……。

「彦左衛門殿。承知した。千草殿にはそのようにお伝え下されし」

十四郎は膝に手を置いて、改まって返答をした。

「ありがとうございます。では早速、千草様にお伝えします」

彦左衛門は、折り曲げた腰をぐいと伸ばすと、そそくさと立ち、お登勢に送られて、橘屋の座敷を後にした。

二人が去った縁側に、やわらかい残照が射し込んでいた。

夏の名残はあるものの、夕刻になって立つ風には、心持ち涼しさが感じられるようになった。

——さて、俺も退散しよう。

腰を上げた時、お登勢が戻って来た。

お登勢は、憂いを含んだ目で、

「十四郎様」

見詰めてきた。

「十四郎様がお勝ちになると、どうなるのでございましょう」

と聞く。

「どうなるとは……」

「あの、千草様から婿殿になって欲しいとか」

「馬鹿な。俺は千草殿の目を醒《さ》まし、女に戻るきっかけを与えてやりたい、それだけだ。他には何もない」

十四郎は、お登勢の言葉を切り捨てるように言った。

お登勢は、はっとして目を伏せると、つまらぬ事を申しました、お許し下さいませと苦笑した。

神田平永町《ひらながちょう》の路地に入ると、激しく打ち合う竹刀の音や、板床を踏み鳴らす腹に迫る険しい音が聞こえてきた。

——何年ぶりか……そうか、もう六年になるな。

十四郎は久しぶりに熱い血が滾《たぎ》るような思いにとらわれて、伊沢道場の見える路地の角で立ち止まった。

家督を継いでまもなくのこと、藩は改易、浪々の身となった十四郎は、その後、一度も道場に顔を出してはいなかった。

その間、暇はあり余るほどあったが、屈託のない青春時代を過ごした道場には足を向けられないでいた。

伊沢道場は、神田にある一刀流の道場の中では、規模、実力、人気いずれも群を抜いていた。

十四郎は格子窓から、そっと覗いた。

懐かしい顔が目に飛び込んで来た。

師の伊沢忠兵衛《ちゅうべえ》が、竹刀を手に、門弟に稽古をつけていた。

頭は少し胡麻塩がかっているものの、逞しい胸と腕は以前のままだった。

忠兵衛はすぐに十四郎に気づき、竹刀でこちらに回れと指してきた。七年間の空白などなかったような、まだ十四郎が道場に通っていた時のような、少しも変わらぬ態度だった。

ほっとして道場の入り口に立つと、忠兵衛はつかつかと歩み寄って、

「金五と一緒に仕事をしているらしいな」

と言った。

「はい」

師の言葉には温かいものが溢れていて、十四郎の胸は一瞬熱くなった。

「稽古はすぐに終わる。母屋で待て。未世《みよ》もいるぞ」

忠兵衛はにこりとして、稽古に戻った。

未世とは忠兵衛の一人娘で、お登勢より一つ二つ若い筈だが、年齢から考えれば嫁にいっている筈である。

未世が戻っているとか、来ているとかいう表現でなかったという事は、まだ嫁には行っていないという事だろうか。

そんな事を考えながら、母屋に回ると、

「まあ、十四郎様。お久しぶりでございます」

しっとりと肉のついた未世が顔を出した。

――やはり、嫁《か》している。

未世の体付きを見て、十四郎はそう思った。

茶を運んで来た時の何げない仕草の中に、男を前にしても動じないゆとりがあった。

腰の周りにも肉がつき、男をそそる一種のふくよかな色気が、小袖の着物を通して伝わってくる。

「十四郎様も金五様も、まだ独り身のようでございますね」

未世は、口元に笑みを浮かべて、そんな事を聞くとはなしに聞き、茶を出して、下がった。

まもなく、廊下を踏み締める力強い足音がして、忠兵衛が入ってきた。

「お久しゅうございます」

十四郎は、忠兵衛が座るのを待って、手をついた。

「ふむ。息災《そくさい》でなによりだった。して、今日は……」

忠兵衛は、すぐに用向きは何だと聞いてきた。

空白の六年間は聞かずとも、その苦労はわかっているというような、さりげない問いかけだった。

「はっ。実は、一刀流富田《とだ》派の秘太刀をご覧になった事はございましょうや」

「十四郎」

「はっ」

「女剣士に立ち合いを申し込まれたか」

突然、忠兵衛は厳しい口調で聞いてきた。

「今この江戸で、灯の消えかかっていた富田派の一刀流を守っているのは、先年諏訪町に道場を開いた、秋月千草という女武芸者しかおらぬ。以前に、うちの門弟の中にも、千草殿を得たいばかりに立ち合いをした者がいるが、恥を晒《さら》しただけだった。お前も、その口か」

忠兵衛の教えは、正式の道場同士の他流試合は推奨していたが、私事の無益な試合は、これをよしとしなかった。

ただ、忠兵衛は、さすがに十四郎が、そんな私事で試合をするなどとは思ってはいないようである。

昔の弟子を信頼したうえでの厳しい言葉だった。

「お気づきのようですので申し上げますが、これには少々、訳がございまして

「……」
十四郎は、今般、ここに至った一部始終を忠兵衛に語った。
忠兵衛は聞き終わると、
「十四郎。わが小野派一刀流は、切落《きりおとし》に始まり、切落に終わるといわれている
が、同じ一刀流でも富田派は、第一撃の必殺技が勝敗を決めるという。受けて勝
つのではなく、撃ち込んで勝つのだ。富田派は戦国の世に生まれた一刀流だ。先
に撃って出る剣法はそこからきているものと思われるが、だからといって、しゃ
にむに撃ち込んでくる訳ではない。先に撃ち込むからには、勝敗を握っていると
いう確信がなければ撃ち込めぬ。そこに秘太刀が生まれたものだと思われるが、
いずれにしても、第一撃で勝敗を決めるために考えられた秘剣であろう。しかし、
お前は、そんな事を聞きに参ったのではあるまい」
「先生……」
「女剣士と立ち合うことに、ためらいがあるのではないか」
じっと見た。
「畏れ入りまする」
「少々、傲慢《ごうまん》な考えではないかの」

「いえ、そのような」

「ならば、ためらいなど持たぬ事だ。試合の道具が竹刀であっても、真剣勝負と心得よ。撃つか撃たれるかだ。斟酌《しんしゃく》は無用だ」

「つまらぬ事をお尋ねいたしました」

「うむ。久しぶりだ。飯でも食っていけ」

「いえ。先ほども申しました通り、急を要する探索を抱えております。また改めて参ります」

「そうか。積もる話もあるが、まあ次にするか」

「はい……では、これで」

十四郎は、それで、伊沢道場を退出してきた。

恩師も未世も、昔と変わりなく迎えてくれた事に、十四郎の胸は温かいもので包まれていた。

千草との試合を、つい、彦左衛門の懇願にほだされて引き受けたものの、やはり相手が女剣士という事で、次第に迷いが生まれていた。

勝ったところで、相手は女剣士よと揶揄《やゆ》されるだけではないか。だが負けたら、侮蔑《ぶべつ》の目で見られ嘲《あざけ》りを受けるに違いない。

そう考えると、正直、試合を引き受けた事を後悔していたのだが、忠兵衛の言葉で決まった。

いや、最初から分かっていた事なのだ。

相手が女剣士だといってためらう事は、忠兵衛の言った通り十四郎の傲慢だ。相手を女だと思って侮っているからこそ、ためらいは起きたのだ。

その事こそ、千草が異を唱え、多数の女たちの共感を呼んでいるところではなかったか。

何を考えていたのかと、十四郎は苦笑を浮かべて、星月夜《ほしづきよ》の道に出た。

「十四郎……」

不意に呼ばれて、顔を向けると、塀に凭《もた》れていた背中を起こした者がいる。

金五だった。

「金五、どうしたのだ。こんなところで」

「おぬしを待っていたのだ」

「俺を」

「そうだ。お登勢から聞いた。千草殿と試合をするらしいじゃないか」

「うむ。行き掛かり上、そうなったのだ」

「十四郎。すまぬが負けてくれ」

金五の、心中極まった声がした。

「なに」

「引き分けでもいい」

薄闇の中で、金五の眼は、険しい光を放っていた。

「金五。おぬしがなぜ俺に、そのような事を言うのか、俺には分かっている」

金五は、十四郎が試合で勝てば、千草が十四郎に心を許すのではないかと、気が気ではないらしい。

「だがな、金五。俺は手加減はせぬ」

「十四郎」

「おぬしが心配しているような成行きには、勝敗がどうあれなる筈もない。剣客同士の試合に過ぎぬ。金五、千草殿の心を射止めたいのなら、おぬし自身の手で摑め」

「……」

「手加減など、千草殿も望んではおられぬと俺は思うぞ。おぬし、そんな事も分からぬのか」

「しかし……」

「くどいぞ金五……勝敗は時の運。俺の方が負けるやもしれぬのだ」

「分かっておる」

「ならば、この話はこれで終いだ」

「十四郎……おぬしという奴は」

金五は、ぐいと十四郎に歩み寄った。

険しい目で見詰めていたが、くるりと踵を返すと星明かりの中に消えた。

## 四

縁側に置いた蚊遣りの煙が、ゆっくりと部屋の奥に靡《なび》いていた。

風は微かに動いているようだが、部屋には女の化粧のなまめかしい香りがまだ籠《こ》もっていた。

十四郎が、傍にあった団扇に手を伸ばした時、お登勢が戻ってきた。

お登勢は、金五の母、波江《なみえ》を表まで送っていって、引き返してきたのである。

十四郎も玄関口で波江と鉢合わせになったが、波江は険しい顔に無理に笑顔をつくって十四郎に会釈をして、何もしゃべらず帰っていった。

「何かあったのか」

お登勢が座るやいなや、聞いてみた。

「それが、ご親戚の方が、近藤様に縁談を持ってこられたようなのですが、近藤様がにべもない返事で受け付けなかったなどと申されまして」

「またか……」

「ええ、またです」

お登勢は、溜め息をついた。

また波江は、金五の周辺に何が起こっているのか、偵察にきたらしい。

「近藤様は寺務所にもここ数日、落ち着いてはいないようです……実は、例の事件で盗まれた仏像が競《せ》りにかけられた事実を摑んだようでございますよ」

「何。まことか」

「ええ。骨董品の大きな競りは、季節に一度、年に四回行われているようですが、この夏の競りに、二年前に被害に遭った『浄蓮寺』の阿弥陀如来像が出品されていた事がわかったのです。それで、近藤様は仏像の流れをずっと追っかけているようでございます」

「浄蓮寺といえば、千草殿の父上が殺された寺ではないか」

「ええ」

「俺には何も言わなかった」

「ご自分の手で……そう考えていらっしゃるのではないでしょうか」

「ふむ」

「千草様が、お父上の敵をずっと捜していらっしゃるという事はご存じでございますから……」

「金五は、よほど千草殿にご執心のようだな」

「でも、千草様ご本人は、ご存じないのでございましょう」

「知れば、嫌がられるかもしれんぞ」

「いえ、胸に響きます」

「そうかな」

「真心が届かない女子はいません」

お登勢は真顔で言った。まるで、自分のことのように言った。だがそのお登勢に、少し前まで金五がかなり熱心だったのを知っているのかと十四郎は言いたかったが、止めた。この手の話で女に勝てる筈がない。どうあっても自分の意に適った言い回しで逃げられるのは目に見えている。

「で、お登勢殿の話というのは……」

十四郎は、話題を変えた。

「もうすぐ、藤七が帰ってまいりますので……」

お登勢が言い終わらないうちに、お民が麦茶を運んできて、

「番頭さんが帰ってまいりました」

と、告げた。

「遅くなりました」

首の汗を拭いながら、藤七は敷居際に座った。

「十四郎様、少しずつわかってまいりました。千草様のお父上が殺されました浄連寺の事件ですが、前日から、妙な話がお寺に持ち込まれていたようでございます」

「生き残っていた者でもいたのか」

「いえ、お寺の者ではございません。浄連寺では、法事や葬儀があるたびに、仏に手向《たむ》ける花を葛西《かさい》の花百姓、五兵衛《ごへえ》という者に頼んでいたという事がわかりまして。それで、葛西まで行ってまいったのですが、思わぬ収穫がありました」

藤七は、お民が持ってきた麦湯を一気に飲むと、もう一度額の汗を拭い、手ぬぐいを摑んだ手を両膝に置いて話を継いだ。

葛西の花百姓とは、江戸市中の花の需要に応えるために、米作りを止め、野菜と四季おりおりの花を育て、それを舟で市中に運び、販売している者たちのことを言うが、五兵衛もその一人であった。

その五兵衛の話によれば、五兵衛は事件の起きる日の夕刻、翌日の秋月家の法事につかう菊の花を、浄連寺に届けていた。

庫裏《くり》で茶菓子を頂いて、腰を上げた時、清信《せいしん》というお坊さんが、ちょっと待ってくれという。

で、しばらく待っていると、今夜一つ遺体が運ばれて来ることになった。先日檀家になったばかりのお武家様で、成田《なりた》様というお方の七十歳になる母御が急遽《きゅうきょ》亡くなったと知らせが来た。

葬儀は明日の午後、秋月家の法事を行った後で執《と》り行うから、明日早朝に、成田家の葬儀に使う花を持ってきてほしいというのであった。

この時、清信は、成田様というお武家は、上方から参られたお武家で、今は浪人ながらお公家様の某と縁深きお方と申されて、檀家に名を連ねるお礼として、住職に大判三枚、出家中に小判を一枚ずつ、それに、昆布、するめ、鰹節などの品を寺に置いていった奇特なお方だと言った。

まだ江戸に参られたばかりだから、棺桶もこちらで手配し、迎僧として、私と徳信《とくしん》が参ることに決まったと、五兵衛に得意げに話したのである。

そういう訳だから、花も、特別見栄えのいい物を持って来るようにと、付け加えた。

五兵衛はそれで寺を辞したが、翌日花を届けると、寺は大騒動になっていた。

秋月様という武家は殺されていたが、寺に運ばれたはずの遺体も、遺体に付き添って泊まっていたはずの成田一族の死体もどこにもなかった。

五兵衛は、おかしな事もあるものだと、棺桶屋の茂助《もすけ》を訪ねた。

すると、茂助も首を捻って、気味の悪い行列を惨事の起きた晩に見たと五兵衛に言ったのである。

茂助が寺から棺桶をおさめるように連絡を受け、急いで仕上げて寺に持っていったのは夜の五ツ半だったという。

棺桶を本堂の隣室に納め、寺を出たところで、茂助は向こうから狐の嫁入りのような火の列が近付いて来るのを見た。

近付くにつれ、行列は葬列で二十人程がそれぞれ手に松明《たいまつ》を持ち、弔い駕籠を囲むようにして進んできた。

奇妙だったのは、武家たちはいずれもとんがり帽子のように、頭のてっぺんがとんがった気まま頭巾をかぶっていた。

その気まま頭巾は、頭から垂れた白い布が顔を覆って首筋まで流れており、目の部分だけに穴が空いている。人相などはまったく分からない頭巾で、遠くから見ると、耳を立てた狐に見えなくもない。

しかも駕籠には、綺麗な刺繡《ししゅう》をした着物が掛けられ、さらにその上に白い布が掛けられていた。

茂助は見たこともない、奇怪なその集団を、物陰に身を潜めて、通り過ぎるのを待った。

行列が浄連寺に向かうものだと分かったのは、目の前を過ぎていく駕籠の側に、清信が付いているのを認めたからである。

茂助は、ああ、俺が今納めてきた棺桶は、あのお方の棺桶だったのかと、その行列を見送って家に帰ったのだが、五兵衛と同様に翌日、惨事の話を聞いて駆け付けてみると、あの葬列の者たちは、一人も寺にはいなかったのである。

そればかりか、棺桶を覗いてみたが、死体も入っていなかった。

茂助は、ひょっとして自分は狐に化かされたのではないかと、恐ろしくて、誰にも言えなかったのだと五兵衛に言った。

聞いた五兵衛も、怖くなって、誰にも話さなかったというのであった。

「五兵衛の話は、そういう事でした。二年も経っている事だし、その間祟《たた》られる事もなかったからと話してくれたんですが、ずっと狐に化かされたのではないかと、怯えて暮らしていたようでした」

藤七は、十四郎とお登勢を交互に見て言った。

「手の込んだ事を……奇妙奇天烈《きみようきてれつ》な行列で、人の目をごまかしたのでしょうね。このお江戸は、お狐様を信仰する傍らで、狐に憑《つ》かれたり、祟られたりするのを恐れる風潮があります。それを利用したのでしょう。十四郎様、これで二年前の事件と今回の事件は、同じ手口を使う者たちの仕業だとわかりましたね」

「うむ。藤七、その怪しげな武家どもだが、当然、寺に居所は知らせていた筈だが、その事は聞いてはおらぬか」

「はい」

「よし。ならば、俺が当たってみよう」

　十四郎は刀を摑んで立った。

「では私も、お供致します」

　藤七も腰を上げた。だが十四郎はそれを制して、

「俺一人で十分だ。お前は金五が帰ってくるのを待ち受けて伝えてくれ。今日までに調べて分かったことすべてをな……よいな」

　意固地《いこじ》になって一人で奔走している金五に、一刻も早く知らせてやりたい。これで、成田某の居所が寺に残されていれば、一挙に事件は解決できるかもしれぬと思った。

「あら、十四郎様、お夕食は摂られないのですか」

　玄関に出ると、お民が台所の方から、走り出て来て膝をついた。

「すまん。急用ができた」

「せっかくお登勢様がご用意なさっていましたのに」

　十四郎は赤い頰を膨らませたお民に見送られて、足早に橘屋を後にした。


「塙殿……」

　栗田は、提灯を掲げて、板塀で囲まれた家屋の前で立ち止まった。

両隣にも同じような家が並んでいるが、もともとは誰かの別宅として建てられたようで、門の構えも簡素であった。

ただ、かなりの年数が経っているとみえ、傷みがひどく、壊れかけた塀の穴から提灯の灯をたよりに中を覗くと、伸びきった草が庭一面を覆っていた。

「空き家のようですね。ちょっと隣で聞いてきます」

栗田は提灯を手に、隣家に走った。

暗闇で一人たたずんでいると、コオロギの鳴き声が聞こえてきた。

知らぬ間に季節は秋に差し掛かっているようである。

——やはり、人は住んではおらぬな。

誰はばからぬコオロギの声が、家主の留守を告げていた。

浄蓮寺の檀家帳に載っていた所は、ここに間違いないが、盗賊たちは空き家と分かっていて、この廃屋を利用したのだと思った。

「塙殿」

栗田が走ってきて、十四郎の面前に提灯を突き出した。

「隣は、さる商家の別宅らしい。お妾《めかけ》が住んでいる。で、話によれば、この家では昔首吊りがあったようで、以後誰も住んではいないそうだ。ただ、二年前に数回、それから十日程前にも人の気配がしたそうです」

「よし。中に入ってみよう」

「えっ、今ですか」

栗田の顔が強張った。

「明日にすればいいではありませんか」

ぶつぶつ言いながら、仕方なく十四郎についてくる。

二人は裏に回って、裏木戸を押して中に入った。

びっしりと雑草が茂る中を踏み分けて裏庭に立った。

提灯の灯を栗田から奪って辺りを照らすと、あちこちに、人が足を踏み入れた跡があった。

十四郎は小柄《こづか》を抜いて雨戸をこじあけて中に入った。

「何です、あれは……駕籠じゃないですか」

栗田が驚いた声を上げた。

部屋の真ん中に、塗り駕籠が置いてある。

「ふむ……」

更に辺りを照らすと、武家装束と気まま頭巾が一塊《ひとかたまり》にして置いてあった。

「これだ……栗田さん、明日からこの家を張り込んで下さい。奴らがもう一度同じ手口を使うとすれば、必ずここに集まる筈です」

「承知した」

頷いた栗田が次の瞬間固まった。栗田は、十四郎の袖を引くと、

「誰か来ます……」

怯えた顔で囁いた。

「何……」

慌てて提灯の灯を消して、二人はそこに蹲った。

息を殺して耳を澄ますと、裏木戸の辺りで鳴いていたコオロギの音が止んだ。

すると、木戸の開く音がして、提灯を持った黒い影が、こちらにゆっくり向かって来た。

「来た」

栗田が緊張した声を上げ、鯉口《こいぐち》を切った。

「待て」

十四郎は、栗田の手を押しとどめ、戸口に立った黒い影に呼び掛けた。

「金五か……」

「十四郎、いたのか」

金五が、提灯を掲げてこちらを照らしてきた。

提灯の向こうで、頰の削げ落ちた金五が、目を凝らしてこちらを見ていた。探索の熱心が高じたものか、頰が削げた分、目も鋭く逞しい顔立ちになっていた。

「藤七から聞いたんだが、十四郎、心配をかけた」

黒々と光る目で十四郎を見詰めてきた。

「うむ。しかし、よくここが分かったな」

「寺社奉行所に行ったのだ。そしたら、栗田殿の配下が、十四郎とここを訪ねて出かけたと教えてくれた」

「そうか……」

十四郎は頷いた。金五がここに、十四郎を追いかけてきたその事で、金五が十四郎に抱いていたわだかまりは消えたと思った。

ふっと、十四郎が口元に笑みを浮かべると、金五も同じように笑みを浮かべてきて頷いた。

「金五、見てみろ」

十四郎は、後ろの暗闇にある情景を金五に示した。

「やっ」

金五は塗り駕籠に走り寄り、武家衣装に光をあてて、険しい目で見詰めていた。

五

三ツ屋はまだ開店前で、閑散としていた。

階下で時折人の動く気配があるが、それも、拭き掃除をしたり食器を点検したりと、客を迎える準備のための音だった。

十四郎は、金五と栗田と三人で、二階の小座敷に上がったが、お松が茶を置いて下がると、二階は拍子抜けするほど静かだった。

「昨夜から配下の者たちに、あの屋敷を張り込ませました」

栗田がまず言った。

「それと同時に、他の被害にあった寺の檀家帳を調べましたところ、塙殿が懸念していた通り、いずれも、被害に遭う数日前に、成田という武家の名が記載されておりました。ただ、寺の人別帳《にんべつ》には記載がないところをみると、いずれの寺も人別うんぬんは関係なしに、成田某と約束をしたものと思われます」

栗田は、重々しい顔で披瀝した。

すると金五が、

「栗田さん。その成田だが、名はなんと記帳されていたのですか」

険しい目で聞いた。

「惣五郎《そうごろう》です」

「惣五郎……いずれも成田惣五郎と……」

「そうです」

「間違いないな。実は、俺は盗まれた阿弥陀如来の像が骨董屋たちの競りにかけられたと聞いて探索していたのだが、そもそも一番初めに、骨董品として流したのは誰だったのか、ようやくつき止めた。その者の名は、今は惣兵衛《そうべえ》と名乗っているが、昔はさる藩の藩士で成田惣五郎という人物だった」

「まことですか」

栗田が膝を乗り出した。

「奴は今、本町《ほんちょう》一丁目の一等地で骨董屋の『天竺屋《てんじくや》』惣兵衛として、店を張っている」

「なんと……」

「それも、二年前からだ。これは俺の勘だが、盗んだ財宝は、しかるべき数寄者《すきしゃ》に闇から闇に流していたに違いない。惣兵衛は競《せ》りにもかけず店頭にも出さず、直接売りつけていた。ところが、阿弥陀如来を惣兵衛から直接譲り受けていた者に不都合ができた。その者はまさか盗品だったとは知らず、知り合いの骨董屋を通じて競りにかけて手放した。それが真相だった」

「金五、でかしたな」

「なに、探索もそこまでで、行き詰まっておった。惣兵衛を問い詰めたところで白を切られればお終いだからな。しかし、あの隠れ家が見つかった事で、今度動けば捕縛できる」

「うむ……ただ、まだ捌いてない財宝をどこに隠しているか、それが分かれば次の押し込みを待たずともよいのだが……」

十四郎は、二人を見詰めた。

「いや……」

金五が顔を起こして言った。

「二年前も、ただ一度で終わっていない。必ずもう一度、近いうちに奴らは動く」

金五は、自信ありげな顔をした。

その時である。

「ごめん……」

北町与力、松波孫一郎が顔を出した。

「実は、見て貰いたいものがあって、持ってきました」

松波は座るなり、懐から茶の風呂敷の包みを出した。

「これは……」

金五が、風呂敷から顔を上げて、松波を見た。

「まあ、見て下さい」

松波は、風呂敷を解いた。

あっと、声にならない声を上げたのは栗田だった。

風呂敷の中には、黒光りのする古い面が入っていた。

「神楽《かぐら》面か」

栗田が聞いて、息を呑んだ。

「お気づきのようですね。これは十日程前に押し込みに入られた心源寺秘蔵の面でした。なんでも、平安の時代の有名な面打師の作だそうです」

「松波さんは、どこでこれを……」

栗田は眼を丸くして聞いた。

「実は、今朝、胸を刺された遺体が日本橋川《にほんばし》で上がりましたが、その者が懐に入れていた物です」

死体は江戸橋の袂の橋げたに引っかかっていた。

身元は直ぐに割れた。すぐ近くに住む音羽町《おとわちょう》の穴蔵大工、辰吉《たつきち》だった。

「穴蔵大工が持っていたというのです」

松波は頷き、厳しい目で話を続けた。

穴蔵大工とは、家の下に穴蔵を造る大工のことで、その腕は通常の大工よりも技法も年季も必要とされ、職人としての格は上である。

江戸は火事や地震が頻繁に起こる。そこで土蔵や穴蔵を造る者が近年ずいぶんと増えてきていた。

特に穴蔵は、家の敷地が狭くても造れる訳で、普通の庶民も金ができれば競って穴蔵を掘り、いざという時のために備えていた。

穴蔵は大きな商店なら、金蔵や商品蔵としても使っていたし、庶民も穴蔵さえ掘っておけば、いざという時には、家財や大切な物が守れるとして、穴蔵大工は重宝されていたのである。

「ただ、穴蔵大工といっても、辰吉は手間取りの大工だったようですし、家には病人がいて、金に困っていたということです」

「待て待て、すると何か……」

金五が、松波の話をとって、

「辰吉という穴蔵大工は、自分が手掛けた穴蔵に入って、これを盗んだが、何者かに殺された……そういう事ですか」

「おそらく……穴蔵が家のどのあたりにあるのかは、それを手掛けた穴蔵大工と家族の者にしか、たやすくはわかりません」

「その穴蔵だが、まさか天竺屋の穴蔵ではないでしょうな」

金五が、きっと見た。

「天竺屋ですか……いえ、それは分かりませんが、家の者の話では、天竺屋の仕事にも加わっていたようですから、その可能性はあります。ただ、辰吉は死人ですし、天竺屋からも届が出ている訳ではありませんから、確かめようがないのです。盗みや殺しの証拠もなしに、いきなり踏み込めません。ですが、この品をたどっていけば、先だっての心源寺の押し込み犯に行きつくのは間違いないと思いましで……」

松波の話は、三人を昂然《こうぜん》とさせた。

しばらくの沈黙の後、十四郎が口を開いた。

「問題は、押し込みは一人ではないという事だ。今までの調べでも、二十人近くの者がかかわっているという事は分かっている。天竺屋惣兵衛一人ならば、今からでもすぐに口実をつけて店に乗り込むという強硬手段もとれる。だが、一味を一網打尽《いちもうだじん》にするとなると、やはり先ほど金五が言ったように、次の押し込みを待つのが賢明だと、俺は思うが……」

一同を見渡した。状況証拠は揃っているとはいうものの、それは確たる証拠ではない。

これは賭けだが、今一度、相手の出方を待ってみるのが最善ではないかと、十四郎は言った。

「よし」

栗田が、力強く膝を打って頷いた。

すると金五も、呼応するように松波と見合って頷いた。

雨上がりの夕刻だった。

数日、じりじりして待っていた十四郎のもとに、花川戸の、あの廃屋に動きがあったと栗田から知らせが来た。

十四郎は、素早く身仕度をして長屋を出た。

両国橋の袂に出て、それから柳橋を渡って、北に向かった。

路は、轍《わだち》に無数の水溜まりができていて、用心しなければ、瞬く間に着物の裾に泥が跳ね上がった。

行き交う女たちが着物の裾を端折《はしょ》って歩く姿は、とりどりの色の二布《ふたの》が足元に揺れ、薄墨色の夕暮れになまめかしく見えた。

十四郎も軽く跳ぶようにして泥の溜まりを避けながら、押し込みの頭、天竺屋惣兵衛の資性について考えていた。

賊の動きを張り続けている間に、十四郎たちは、惣兵衛の周辺を調べていたのだが、調べるうちに、恐るべき凶暴嗜虐《きようぼうしぎやく》の性格が浮かび上がってきたのである。

天竺屋惣兵衛は元の名は成田惣五郎という。

生まれは西国《さいごく》、中山《なかやま》藩の藩士の子弟で五男坊だった。

惣五郎は生まれながらにして利発で俊敏なところがあり、町の道場ではみるみるうちに頭角を現していったようである。

だが、惣五郎の内面に何が巣くっていたものか、元服《げんぷく》してまもなくのこと、酒場の女をめぐって同僚と争いになり、いきなりその同僚を斬り殺して脱藩した。

惚れ合った女を取り合っての喧嘩沙汰なら理解もできるが、そうではなかった。たまたま同僚数名と立ち寄った酒場で出会った、いわばゆきずりの女の事で同僚を斬ったのである。

惣五郎は一月後には大坂《おおさか》に出、ましらの鬼蔵《おにぞう》という盗賊の頭に拾われて一味となっていた。

ところが五年前、惣五郎四十歳にして鬼蔵が頓死《とんし》、跡目をめぐって兄貴分の丑《うし》之助《のすけ》と争いになり、仲間の面前で丑之助をめった斬りにして殺し、自ら頭となったというのである。

親分だった鬼蔵は、恐ろしげな名を掲げていたが、けっして押し込みをした先で人殺しはしなかった。

ところが、惣五郎が頭目になってから、押し込みの仕方が変わった。

惣五郎は、必ず押し込んだ先で、全員惨殺しておいて金品を奪っていった。

そして、大坂町奉行所が、ようやく惣五郎の住処《すみか》を見つけ、手入れをしようとしたその矢先に、惣五郎は江戸に下っていったのである。

名も惣兵衛と改めて、姿も浪人から商人に変え、本町一丁目に堂々と『天竺屋』の看板を上げたのである。

その時、骨董屋を開くだけの金は持っていた訳で、じっとおとなしくしていれば、二年前の事件も今回の事件も起こらなかったに違いなかった。

惣兵衛が再び押し込みを始めたのは、どう考えても、もって生まれた凶悪な性格が原因だとしか思われない。

その心理は、辻斬り強盗、あるいは試し斬りをする輩と同じである。

芝居がかった奇妙な手口で寺に押し込むのも、財宝を手に入れる目的もさることながら、無抵抗な人間たちを殺戮《さつりく》するのが目的ではないかと思われる。

数日前に、何気なく客を装って天竺屋に入った十四郎は、惣兵衛の目に、人面《じんめん》獣心《じゅうしん》の色が宿っているのを、この目で見ている。

――今夜の闘いは、熾烈《しれつ》を極める。

十四郎は、花川戸の廃屋に近付くにつれ、緊張の高まるのを感じていた。

板塀の角に立った時、既にあたりは月も星もない暗闇で、気持ちは一層引き締まった。

「十四郎……」

近くの闇で、金五の声がした。

手探りするようにして近付くと、金五が、

「奴らは、大方集まったようだ」

小声で言った。

惣兵衛たちは、ここでものものしい仕立てを行い、浅草の山谷に群れを成す寺の一つ、仰覚寺《ぎようかくじ》に向かう筈である。

惣兵衛は三日前に仰覚寺を武家姿で訪ね、西国から江戸に出てきたばかりで檀那寺を持っていないが、老母が病床にあり、いざという時にはお願いしたいと、大枚を寺に寄進していた。

千草の父、甚十郎が被害にあった浄連寺と同じやり方だった。

近いうちに動く……と待機していたところ、やはり今夜の決行となったようだ。

そこで、廃屋から仰覚寺まで尾ける役を十四郎と金五が請けた。

栗田は配下の者を従えて、いまごろ寺の住職に訳を話し、惣兵衛たちを待ち受けている筈であり、天竺屋には頃合を見て、松波が手入れをすることになっている。

もちろん、千草と彦左衛門には、藤七が知らせに走っている。

夜四ツの鐘が鳴ってまもなく、板塀の向こうで俄かに人の動きが立った。

すばやく闇に身を低くして息をひそめていると、門が開いて、松明《たいまつ》を手にした集団が、駕籠に付き添って現れた。

駕籠は武士装束の者二人が担いでいるが、駕籠の振れ方からみて、空駕籠だと思われた。

だが藤七が聞き込みをしていた通り、駕籠には刺繍を施した小袖が掛けられ、その上に白い布が掛けてあり、仏が駕籠の中に座しているように装っていた。

男たちはみな一様に武家の形で、頭と顔は気まま頭巾で隠していた。

先頭を歩くのが、その体付きからして、惣兵衛だと思われた。

惣兵衛は松明を持たず、両脇の手下が足元を照らしていた。

武家の数は、数えてみると十五人だった。

十四郎と金五は、息を殺し、足音を忍ばせて、ぴたりと一行の後ろについた。

闇の夜なのが幸いして、誰も後ろを振り向かない。

人気の絶えた隅田川べりをゆっくりと進み、左手に幾つもの寺の屋根が見える今戸町の銭座の手前で、一行は左手の小路に折れた。

小路を抜けると、左右に鬱蒼と茂る木々の道に入った。

黒々と木の枝に覆われた路を、松明の火が流れるように続く行列は、見るからに狐の嫁入りのようだった。

「十四郎」

金五が声を掛けてきた。

それを合図に、二人は行列の後ろにするすると走り寄り、最後尾の二人を、それぞれが抱き抱えるようにして口を塞ぎ、素早くこちらを向かせて当て身を食らわせた。

「うっ」

男はかすかな呻き声を発すると、抱き付くような格好で、ずるずると足元に落ちた。

落ちる寸前、十四郎たちは、その者たちが持っていた松明を取り上げた。

そして素早く男たちの頭巾をとると、急いで自分の頭に被り、男二人を道脇の茂みの中に転がした。

ふっと溜め息をつき、二人が見詰め合って頷いた時、

「何をしている」

前を行く男が、振り返って言った。

「いや、今、怪しい音が……」

十四郎は答えながら、茂みの中を松明で照らす。

心の臓が激しく胸を打った。

だが、男は、

「ほっておけ、急げ」

早く来るんだと松明を振った。

十四郎と金五は、何食わぬ顔をして、最後尾についた。

やがて、行列は両脇に寺が建つ一角に出た。

一番手前の寺に灯の色が見えた。

近付くにつれ、それは門前に掲げた提灯で、提灯の側には若い二人の僧が一行を待っているのだと分かった。

「成田様でございますね」

一旦、門前で止まった一行に、僧の一人が丁寧に尋ねると、惣兵衛は重々しく頷いて、後ろの供に向かって「それ」と手を挙げた。

一行は二人の僧に先導されて、門の中に入って行った。

最後尾の十四郎と金五が、門をくぐって二、三歩歩いたその時だった。

先ほど、道中で松明を向けてきた男が、ぎらっと後ろを見返して、

「何をしているのだ」

叱りつけた。

同時に男は、側にいた男に目配せして、後ろに走ってくると、一気に門扉《もんぴ》に走り寄り、戸を軋《きし》ませて閉めた。

さらに、閂《かんぬき》を掛ける。

「何をなさいますか」

先導していた僧が気づいて走ってきた。

だがすぐに、その僧は息を呑んで立ち尽くした。

僧の喉元には、男の抜き放った刃が当てられていた。

「あ、あなたたちはいったい」

「声を上げるなと言っている。住職のところへ案内しろ」

「は、はい」

「行け」

男は、僧を前に突き出して、その背に切っ先を当てた。

もう一人の僧も、同じように刀を突きつけられていた。

僧たちは、本堂の前に立った。

本堂には百目蠟燭《ひやくめ》が明々とついていたが、人の気配は全くなかった。

「住職はどこだ」

男が僧に、刀を突きつけた時、本堂の縁先に、栗田が配下を従えてずらりと並んだ。

「寺社奉行所の者である。神妙に致せ」

「何……」

惣兵衛が驚いて見回した。

気まま頭巾の目出しの穴から、凶悪な目が辺りを指した。

刹那、十四郎と金五が疾走し、二人の僧に刀を当てていた男二人に飛び掛かり、刀を撥ねて、僧を男から引き離した。

「何をする」

きっと見迎えた男の前で、十四郎と金五が頭巾を取った。

「ややっ、謀《たばか》ったな」

男が驚愕の声を上げた。

「惣兵衛、いや、成田惣五郎。お前たちの悪事は、なにもかも知れている。今頃天竺屋も町奉行所の手入れが入っているぞ。刀を捨ててそこに直れ」

金五が叫ぶ。

「バレたのなら仕方がない」

惣兵衛は、頭巾を取って刀を抜いた。

同時に、手下たちもいっせいに頭巾を取って刀を抜いた。

鞘走《さやばし》る音が、静かな夜の寺の庭に不気味に響く。

「捕らえろ」

栗田の合図で、寺社奉行所の男たちも、一斉に庭に飛び下りてきた。

その時だった。

「成田惣五郎、父の敵。お前の命、もらい受ける」

横手から、千草と彦左衛門が走り出てきた。

千草は白い鉢巻きに白い襷姿で、刀を抜き放って、すらりと立った。

彦左衛門は、これも白鉢巻きに白の襷で、槍を構えて睨んでいる。

「敵だと……」

惣五郎が、せせら笑った。

「覚えがあろう。二年前、お前たちは浄蓮寺に押し入った。その時殺された武家の娘、秋月千草だ」

　千草の声が、凛として闇を切り裂いた。

「思い出したぞ。あの時のおいぼれは、お前の親父だったのか。おもしろい。相手になってやる。親父と同じようにあの世に送ってやるぞ」

　惣五郎は冷たい目でそういうと、跳びすさって、そこで正眼《せいがん》に構えて立った。睨《ね》めつける惣五郎の険しい顔は、打ち捨てられて地で炎を上げている松明の灯に照らされて、鬼のような形相を呈していた。

　千草は小走りして、右手の庭に惣五郎を誘うように移動して対峙した。

　十四郎はそれを見届けると、くるりと賊の手下たちに向いた。

　既に手下たちは、金五や栗田たちに円陣を組まれて囲まれていた。

「斬れ、斬れ」

　賊の一人が絶叫すると、たちまち猛烈な撃ち合いが始まった。

　男たちは、みな剣に心得のある者たちのようだった。だが、思いがけなく不測の事態に遭遇し、既に冷静さを欠いていた。

　しゃにむに剣を振り回し、こちらの円陣を突き破ろうとして、飛び掛かっては引き、また飛び掛かる。

対陣の態勢が崩れたのは、一人の賊の無謀とも思える十四郎への突きだった。

十四郎が難なくその男を斬り下げた時、賊たちは尻に火を付けられた牛の群れのごとく、捕り方役人に飛び掛かった。

金属の撃ち合う音が、あちらでもこちらでも激しく聞こえた。

十四郎も、こちらから撃ち込んで、背の高い男の腕を飛ばした。

「ぎゃっ」

背の高い男はもんどり打ってそこに転げ落ちた。

すぐに栗田の配下の者が走り寄って縄を打つ。

「ヤーッ」

千草の一声が、鋭い剣の撃ち合う音とともに聞こえてきた。

きっと十四郎が千草の方を見遣った時、千草は惣五郎と一合して走り抜けたところだった。

二人とも走り抜けたその場所で、互いに背を向けて、宙に刀をかざしてぴたりと止まった。

十四郎が息を呑んで見詰めたその時、千草がゆっくりと足を揃えて立ち、後ろを振り向いて惣五郎をきっと見た。

刹那、惣五郎の体は刀を振り上げたまま、茂る庭木の中に重たい音を立てて落ちた。

「千草様……お見事でございました」

彦左衛門が、千草の側に走り寄って膝をつくと、腕を目に当てて感涙した。

「彦爺……」

「これで殿様も報われます」

「彦爺……」

千草も感無量の体で、彦左衛門の肩に手を置いて、微かに肩を揺らしていた。

「一同の者、見ての通りだ。お前たちの頭は死んだぞ」

金五が、大声を張り上げて、賊の前に走り出た。

既に賊はわずか五人になっていた。

すると、賊の一人が捨て鉢《ばち》になって刀を捨てた。

ほかの四人も観念したとみえ、次々と十四郎たちの前に刀を投げた。

「取り押さえろ」

栗田の声が、寺の庭に轟いた。

「千草殿」

金五がこちらを見詰めていた千草に声を掛けた時、千草は静かに刀を納め、十四郎たちに一礼した。

千草には、髪の乱れも胸元の乱れもなかった。

蠟燭の灯に照らされて、僅かにその頰が上気したように見えるばかり——。

十四郎は、千草の冷静沈着にして、一分の乱れもないその剣の腕の確かさを見たと思った。

六

驟雨《しゅうう》が慌ただしく通り過ぎた隅田川一帯に、霧が白く尾を引いた夕間暮れ、諏訪町の千草の道場は、張り詰めた空気に包まれていた。

弟子たちが稽古を終えて、磨きに磨いて帰っていった道場の四隅には、腰高の燭台が置かれ、百目蠟燭が点されていた。

燭台の火は、たった今、彦左衛門が点していったものである。

道場の中央には、十四郎が木刀を傍に引き寄せて黙然として座り、片隅の壁際にはお登勢と藤七が端座《たんざ》しているが、他には誰もいなかった。

十四郎は瞑目して腕を組んだ。

惣五郎一味は捕縛して、事件は解決をみたものの、金五はまだ十四郎と千草との試合にこだわっているようだった。

十四郎が勝てば、千草は十四郎に、生涯の伴侶《はんりょ》としての申し込みをするのではないかと、金五はやきもきしているのであった。

だが、事件が解決した直後に、再度橘屋に試合の催促がきた。

剣客として、もう後には引けなかった。

――やるしかないのだ。

十四郎が腕を解いて目を見開いた時、彦左衛門が白い上下の物々しい格好で現れて、

「千草様はまもなく参られます。この彦左衛門が審判を務めますが、よろしいでしょうか」

と聞いてきた。

「結構でござる」

十四郎が頷くと、足音が近付いてきて、千草がするりと現れた。

「ご無理を申しまして、申し訳ありません」

まずは、入り口に腰を落として挨拶をした。

千草は、襷を掛け、鉢巻きを巻き、袴を身に着けて、凛々しい姿で入って来た。化粧は施してはいなかったが、艶やかな肌が光り輝いていた。

「いざ」

千草が立った。

「いざ」

十四郎も立った。

目礼をして木刀の先を合わせた時、

「始め」

彦左衛門が声を上げた。

途端、千草は、するすると爪先で右に移動して止まると、正眼に構えて立った。移動はしているが、十四郎を中心とした円の線上を描くように動いており、千草と十四郎との距離は、等分の所にあった。まるで、定規で計ったような正確な移動であった。

——なんだ、この動きは……。

十四郎は、千草の移動に合わせて、足の爪先を変え、正眼に構えて立った。

ぴたり……と二人の剣は見合ったまま、微動だにしない。

十四郎の持つ小野派一刀流切落の術は、正眼の構えから入る。

剣先を相手の目にぴたりと当てて、相手の陰の構えに立ち向かうのである。

けっして自分から先に動かず、相手全体、つまり相手の体と心の動きを推しはかるために、正眼の構えはあった。

そうして相手が動いた時、その動きに応じ、一足一刀の間合いに入ったその時に、こちらの気力に押されて打ち込んで来た相手に一拍子の間合いで飛び込むのである。

一瞬を捉え車輪前転の心得で、相手の懐に飛び込んで、撃ってきた剣を躱し、そのままその剣で突き、あるいは斬り落とすのである。

しかし、千草の剣は一刀流でも、終始攻めて勝つ太刀である。

多くの剣術は、前後の動きで相手を誘い、相手を撃つ。

しかも、相手に先に撃ち込ませて、受けて、二の太刀で勝負をつける組太刀《くみだち》が多い。

ところが、十四郎が知るところによると、千草の剣は、それらとはまったく反対の動きを良しとしているのである。

前後の動きよりも左右の動きを重視し、撃ち込まれるより先に撃ちに行く。

理屈から考えれば、千草の剣術は隙を相手に見られやすい剣である。

動いていく者と、それをじっと見詰めている者と、どちらが隙をつくりやすいか。

また、先に撃ち込む者と、その太刀を待ってから撃ち込む者と、どちらに余裕を与えるかといえば、待っている間に瞬時に相手の剣を読む待ちの剣の方が有利である。

千草の剣術で十四郎の剣術に勝とうとするならば、紙一重でもいい、十四郎よりすべてにおいて勝っていなければ、勝ちは無理ではないかと、十四郎は考えていた。

じっと見詰め合う二人の呼吸が緊迫した時、千草はまた移動した。

今度は左にするすると動いて止まった。

構えは八双《はっそう》……構えまで変えた。

十四郎も、千草の動きと同時に足の爪先を回して動きを止め、再び正眼に構えて立った。

すると、また千草は右に動き始めたのである。

——またか。

十四郎が爪先を変え始めたその時、突然、千草が急襲してきた。

十四郎は咄嗟に足を踏みとどめ、千草の剣を躱し、その剣で千草を薙《な》いだが、すでに千草は後ろに飛び去っていた。

凄まじい身の速さであった。

再び、正眼に構えて立った時、

——そうか、秘剣というのは、そういう事か。

十四郎は胸のうちで頷いていた。

つまり、千草の持つ秘剣とは、移動して隙を見せるかにみえて、相手の心理の隙を読み、急襲するところにあると見た。

寸分の隙を見せれば、こちらの負けである。

——ならば……。

十四郎は正眼に構えていた剣を、わざと僅かにずらしてみた。

すると、やはり同時に千草が撃ってきた。

——しめた。

十四郎は、落ちて来た剣を撥ね上げて、その剣で千草の胴を打った。腕に確かな手応えがあった。

微かな手応えがあったと思った時、十四郎の小手にも微かな衝撃が来た。

「それまで」

彦左衛門が声を発した。

「参りました」

千草は、荒い息を吐きながら、腰を落とした。

「ありがとうございました」

美しい笑顔をみせて、千草は一礼をする。長年の呪縛《じゅばく》から解放されたような、そんな安堵がみてとれた。

だが、じわりとその目が潤んできたのを、十四郎は見た。

「いや、それにしてもめでたい」

なにより、嬉しい顔をしたのは彦左衛門だった。

彦左衛門は、嬉しさのあまり、さらに口を滑らせた。

「失礼とは存じますが、塙殿のようなお方に、千草様の婿殿になっていただけましたら、彦左もどれほど嬉しい事か」

「彦爺、黙れ」

「いえ、黙りません。爺はこの日を密かに待っておりました。実を申しますと千草様、この爺は、あなた様が女子に戻って婿殿をお迎えになれば、今でも特別の計らいをもってお家の再興を考えてもいいというお言葉を、戸田出羽守様から再度頂いているのでございます」

「黙れ黙れ、塙殿に無礼であろう。それに私は夫など持たぬ。二度と妙なことを申すと許さんぞ」

千草は猛然として言った。さすがの彦左衛門も口を噤んだ。

「塙殿、どうか悪く思わないで下さいませ。爺も年をとりました」

「案ずることはない。千草殿、俺はなんとも思ってはおらぬ」

十四郎は即座に言った。

「では、これにて……」

引き揚げようとした千草に、突然お登勢が声を掛けた。

「千草様、お待ち下さいませ」

「あなたは、橘屋のお登勢殿でしたね」

「はい」

「これは申し訳ない事を、爺がお世話になりました」

「いえ、そのような事は……それより、千草様、あなたはなぜ爺や様のお気持ちを察してあげられないのでございますか」

「女に戻るという事ですか」

「はい」

「お登勢殿」

千草は苦笑した。そして継いだ。

「爺やの気持ちは、分かり過ぎるほど分かっています。でも、今の私には、剣で生きるしか道はないのです」

「そうでございましょうか。剣で生きるのをどうこう申し上げるつもりはございませんが、あなた様には、また別の、女としての幸せを得る道もあるのではございませんか」

「この私に……」

「はい」

「まさか……今更、男のようなこの私を……もう遅いのです」

「いいえ、遅くはございません」

「お登勢殿」

千草は苦笑した。だがその苦笑には、女の孤独が垣間見えた。

お登勢は千草の目を捉えたまま、一歩もひかぬという気迫をみせた。

「あなた様は確かにお強いと存じます。でも、その強さゆえに、人の心がよめなくなっているのではございませんか」

「……………」

「この度、無事、お父上の敵もおとりになったとお聞きしましたが、あなた様にお父上の敵をとっていただきたい、その一心で、惣五郎一味に寝食を忘れて迫ったお方がいらっしゃったのをご存じですか。二年前に起きた未解決の難しい事件を解決に導き、その事が結局、あなた様のお父上の敵をとることになったという事を……」

「お登勢殿……」

「その方は、あなた様に一目会ったその時から、ずっとあなた様のことを想い続け、悩み続けておりました。その事をご存じでございますか」

「……………」

「そんなお方のいる事も気づかれないとは……」

「待って下さい。そのお方とは、もしや、近藤様」

「そうです。近藤金五様です」

「……」

「近藤様は確かに、少し軽々しいところがございますが、気のお優しいお方です。千草様には、陰からそうして支えるお方のある事を、どうか、お忘れにならないで下さいませ。いくら剣がお強いと申されても、やはり、女は女でございます。女には道行きが必要です。千草様にも、無条件でご自分を支えてくれている人のいる幸せを知っていただきたいのでございます」

お登勢は、姉のような厳しい口調で説いた。

千草の頰が、やがて、微かに紅をさしたように赤くなった。

まだ純真な小娘のような表情だと、十四郎は千草を見詰め、そしてお登勢の高揚した顔を見詰めていた。


「もうすぐ秋だな」

十四郎は、ぼんやりと縁側に座って庭を眺めているお登勢に言った。お登勢の目線の先には、穂の伸び始めた茅の群れが、庭の片隅で揺れていた。

十四郎も傍に座って、目を庭に向けたまま聞いた。

「あれから金五はどうしている」

全く金五から音沙汰がなくなって、十日余りが過ぎていた。

「十四郎様、近藤様はお勤めに励んでおられますが、ぷっつり千草様のことは口にしなくなりましたよ」

「そうか……」

「私が、余計なことを申し上げたことで、近藤様は気安く千草様にお会いできなくなったのではないでしょうか。出過ぎたことを致しました」

「何、金五もすっきりしたのではないか。俺が酒でも飲んで慰めてやろうかと思ってな」

十四郎は苦笑した。

実際、金五が落胆の日々を送っているかと思えば、気が重かった。

だがその時、

「お登勢、いるか」

荒々しい足音を立てて、金五が廊下を渡ってきた。

「あら、近藤様。駆け込みでございますか」

お登勢はわざと駆け込みかと聞いて金五を見迎えた。

「いやいや、お前に礼を言いたくて参ったのだ。お登勢、一生恩に着るぞ」

金五の顔は興奮していた。

「何、という事は、金五おぬしまさか、千草殿と」

「そのまさかだ。俺は千草殿と夫婦《めおと》になる約束をとりつけたぞ」

「金五……」

「二人とも祝ってくれるな」

「もちろんでございます。でも、近藤様、あの、まさか秋月家のご養子になるのではございませんでしょうね」

「当たり前だ。千草殿は、近藤家の嫁になる。秋月の名は捨てると言ってくれたのだ。三百石に未練はあるが、それだって確約がある訳ではないからな。それに、俺が養子に行く訳にはいかぬ」

「ほう。で、道場はどうするのだ」

十四郎が、にやりとして聞いた。

「道場は続けるらしい。俺は寺役人を勤めねばならんから、まあ、しばらくは通い婚だな」

「あの、それじゃあ、お母上は、どうなさいますか」

「それよ。それで頭を痛めておる。で、相談だが、お前たち二人が中に入って、おふくろを説得してくれぬか」

「何、俺たちが……」

十四郎はお登勢と見合って絶句した。

「なあに、うまく丸めてくれればいいのだ、ははは。では頼んだぞ」

金五は、それだけ伝えると、風のように去って行った。

「一件落着かと思ったら、弱ったな」

「ええ、一悶着ありそうですね」

お登勢は溜め息をついた。波江の気性を考えると、頭が痛い。

だが一方で腹の底から喜びがこみあげてくるようだった。

幼馴染みの金五の幸せは、また十四郎の幸せでもあることを、十四郎は改めて嚙みしめていた。

二〇〇三年七月　廣済堂文庫刊

光文社文庫

長編時代小説

宵《よい》しぐれ　隅《すみ》田《だ》川《がわ》御《ご》用帳《ようちょう》㈣

著者　藤《ふじ》原《わら》緋《ひ》沙《さ》子《こ》

2016年8月20日　初版1刷発行
2021年6月25日　3刷発行

発行者　鈴木広和
印刷　堀内印刷
製本　ナショナル製本

発行所　株式会社 光文社
〒112-8011　東京都文京区音羽1-16-6
電話 (03)5395-8149 編集部
8116 書籍販売部
8125 業務部


ISBN978-4-334-77338-0 Printed in Japan



組版　萩原印刷